Antonio S…eta

Der Radfahrer v…

Serie Piper
Band 1364

Zu diesem Buch

Die zehn Erzählungen des Bandes spielen sich »drinnen« in Chile und »draußen« in den USA und in Europa ab, und die Zäsur, die alles Geschehene in ein »Vorher« und ein »Nachher« teilt, ist der Putsch in Chile. So verschieden die Schauplätze, so verschieden sind auch die Themen: In der Titelgeschichte nimmt ein Radrennfahrer an einem Rennen teil, während seine Mutter im Sterben liegt, und die sportliche Veranstaltung wird plötzlich zu einem Kampf um Leben und Tod. Andere Erzählungen schildern Episoden aus dem Leben von Hungerleidern, die die Sehnsucht nach dem Abenteuer, aber auch die Liebe zu dem »anderen« Amerika in die großen Städte des Nordens getrieben hat. Düster und lakonisch sind die Geschichten von »drinnen«, die vom nachrevolutionären Chile berichten, von Repression, Gewalt und Denunziantentum, und nicht alle verlaufen so glimpflich wie die des kleinen Jungen, dem eine Goldmedaille versprochen wird, wenn er im Schulaufsatz seine Eltern verrät.

Antonio Skármeta, geboren 1940 in Antofagasta/Chile. Bis zu seiner Emigration Dozent für lateinamerikanische Literatur an der Universidad de Chile; schrieb Romane, Erzählungen, Hörspiele und Drehbücher. Als Regisseur verfilmte er seine eigenen Stoffe (»Mit brennender Geduld« und »Abschied von Berlin«). Skármeta lebte von 1973 bis 1989 in Berlin, jetzt wieder in Chile. Im Piper Verlag sind außerdem erschienen: »Mit brennender Geduld«, »Der Aufstand« und »Heimkehr auf Widerruf. Chile im Umbruch«.

Antonio Skármeta

Der Radfahrer vom San Cristóbal

Erzählungen

Aus dem chilenischen Spanisch
von Willi Zurbrüggen

Piper
München Zürich

Die Originaltitel der Erzählungen lauten:
»El ciclista del San Cristóbal«, »Uno a uno«,
»La Cenicienta en San Francisco«, »A las arenas«,
»La medalla de oro«, »Reina la tranquilidad en el país«,
»La llamada«, »Hombre con el clavel en la boca«,
»Nupcias«, »De la sangre al petróleo«.

Von Antonio Skármeta liegen in der Serie Piper außerdem vor:
Der Aufstand (555)
Mit brennender Geduld (768)
Heimkehr auf Widerruf. Chile im Umbruch? (1138)

ISBN 3-492-11364-8
Neuausgabe 1991
2. Auflage, 8.–15. Tausend September 1991
(1. Auflage 1.–8. Tausend dieser Ausgabe)

Umschlag: Federico Luci,
unter Verwendung des Gemäldes »Il ciclista«
(1916/17) von Mario Sironi
Photo Umschlagrückseite: Andradi
Satz: Kösel, Kempten
Druck und Bindung: Clausen & Bosse, Leck
Printed in Germany

INHALT

ERSTER TEIL

DRINNEN VOR DEM PUTSCH

Der Radfahrer vom San Cristóbal

»... Doch zuletzt ich ganz verzagte,
Sprach: wer wäre da genug?
Sieh da ging so hoch mein Flug,
Daß ich endlich es erjagte.«
San Juan de la Cruz

Ich hatte auch noch Geburtstag. Vom Balkon zur Straße aus sah ich den russischen Sputnik, von dem die Zeitungen soviel schrieben, bedächtig durch die Nacht kreuzen, und hatte wirklich kein bißchen getrunken, da am nächsten Tag das erste Aufstiegsrennen der Saison gefahren werden sollte und meine Mutter krank in einem Zimmer lag, das nicht größer war als ein Wandschrank. Mir blieb nichts weiter übrig, als mit auf den Boden gepreßtem Nacken ins Leere zu strampeln, um meine Beinmuskeln zu kräftigen, damit ich am nächsten Tag auf meine so unverwechselbare Weise in die Pedale treten konnte, der »Das Stadion« sogar schon einen Artikel gewidmet hatte. Während Mama vom Fieber geschüttelt wurde, wanderte ich durch die Flure und aß krümelweise von dem Früchtekuchen, den Tante Margarita mir mitgebracht hatte, wobei ich die kandierten Fruchtstückchen fleißig mit der Zungenspitze herausklaubte und auf die Erde spuckte, was eine Ferkelei war. Mein Alter lief dauernd aus dem Zimmer, um einen Schluck von dem Punsch zu probieren, brauchte aber jedesmal fünf Minuten, um ihn durchzurühren, und seufzte und stupste dann mit dem Finger die Pfirsichstückchen an, die wie Schiffbrüchige in dem Gemisch aus billigem Weißen, Brandy, Orangensaft und Mineralwasser schwammen.

Wir brauchten beide etwas, was uns die Nacht vertrieb und den Morgen schneller herbeiholte. Ich beschloß, mit den Übungen aufzuhören und lieber meine Schuhe zu putzen; der Alte blätterte im Telefonbuch, vielleicht, um die Nummer des Notarztes herauszusuchen, und der Himmel war wolkenlos, die Nacht sehr warm, und Mama murmelte im Halbschlaf »ich verbrenne«, nicht so leise, daß wir es durch die offene Tür nicht hätten hören können.

Aber dies war eine lichterstarrende Nacht. Kein Fünkchen regte sich unter der Kuppel. Jeden Stern erfassen zu wollen wäre das gleiche gewesen, wie Kakteen in der Wüste zu zählen, sich die Lippen blutig zu beißen oder einen Roman von Dostojewski zu lesen. Papa ging in das Zimmer und wiederholte mit den Lippen am Ohr meiner Mutter all die unglaubhaften Beschwichtigungen – daß die Spritze das Fieber schon senken werde, daß der Tag sich bereits ankündige, daß der Arzt früh am Morgen vorbeischauen wolle, bevor er zum Fischen nach Cartagena fuhr.

Zum Schluß schlugen wir sogar der Finsternis ein Schnippchen. Ein milchiges Ding am übernächtigen Himmel versuchten wir als Morgengrauen hinzustel-

len, und wenn man es von mir verlangt hätte, wäre ich imstande gewesen, mitten in der Stadt einen krähenden Hahn zu hören.
Es mochte zwischen drei und vier Uhr morgens sein, als ich in die Küche ging, um das Frühstück zu machen. Das Pfeifen des Teekessels und das Wimmern meiner Mutter wurden immer lauter, als hätten sie einen Wettkampf auszufechten. Papa erschien unter der Tür.
»Ich traue mich nicht hinein«, sagte er.
Er war dick und blaß, und sein Hemd war zum Auswringen. Wir hörten Mama flüstern, der Arzt solle kommen.
»Er hat gesagt, er käme heute morgen ganz früh«, leierte ihr mein Alter wohl zum fünften Mal ins Ohr.
Ich starrte gebannt auf den Deckel des Teekessels, der auf den Wasserdampfschwaden tanzte.
»Sie wird sterben«, sagte ich.
Papa klopfte sich alle Taschen am Leib ab. Ein sicheres Zeichen, daß er rauchen wollte. Jetzt seine Zigaretten zu finden, würde ihn endlose Mühe kosten, und dann würde es ihm mit den Streichhölzern genauso gehen, und ich würde sie ihm am Gas anzünden müssen.
»Meinst du?«
Ich riß die Augen weit auf und seufzte.
»Gib mir die Zigarette, ich zünde sie dir an.«
Als ich mein Gesicht der Flamme näherte, stellte ich verwundert fest, daß ich mir nicht, wie sonst immer,

die Nase versengte. Ich gab meinem Vater die Zigarette, ohne hinzusehen, und hielt meinen kleinen Finger direkt in das winzige Flammenbündel. Ich spürte so gut wie nichts. Ich dachte: Jetzt ist mir der kleine Finger abgestorben oder so, aber man kann nicht an den Tod eines Fingers denken, ohne sich dabei ein bißchen lächerlich vorzukommen; ich streckte also die ganze Hand aus, berührte mit den Fingerkuppen den Kranz, dem das Gas entströmte, jede einzelne Öffnung, und somit gleichsam die Wurzeln der Flammen. Papa ging den Flur auf und ab, bemüht, sich die ganze Asche aufs Revers zu streuen und sich die Schnurrbartenden mit Tabakskrümeln zu verdrecken. Ich trieb die Sache noch etwas weiter und ließ meine Fingerknöchel rösten und dann den Ellenbogen und dann wieder die Finger. Ich stellte das Gas ab, spuckte in die Hände, die sich trocken anfühlten, und trug den Korb mit altem Brot, den Marmeladentopf und ein strahlendes Päckchen Butter ins Eßzimmer.

Als Papa sich an den Tisch setzte, hätte ich am liebsten geheult. Mit gesenktem Kopf starrte ich auf den bitteren Kaffee, als hätte sich darin die Verzweiflung des ganzen Planeten angesammelt, und dann sagte er etwas, ich verstand aber nicht was, da es sich eher wie ein Zwiegespräch mit einem inneren Organ, einer Niere zum Beispiel oder einer Kniescheibe, anhörte. Papa schob die Hand in sein offenes Hemd und kratzte sich die Haare, die sich überall auf seiner Brust kräuselten. Auf dem Tisch stand eine Schale mit schon etwas zerdrückten Pflaumen, Aprikosen und Pfirsichen. Noch lag das Obst unberührt und geborgen da, und ich richtete meinen Blick auf die Wand, als liefe dort ein Film oder so was ab. Schließlich nahm ich eine Pflaume und rieb sie an meinem Hemd, bis sie glänzte. Aus reinem Nachahmungstrieb nahm Papa sich einen Pfirsich.

»Mutter wird sterben«, sagte er.

Ich knetete mir den Nacken durch und überlegte, warum ich mich nicht verbrannt hatte. Mit der Zunge schob ich den Pflaumenkern im Mund herum, drückte mit den Fingern die Brotkrümel platt und knetete sie zu kleinen Kügelchen, die ich dann mit dem Zeigefinger zwischen Tasse und Brotkorb schnippte. Als ich den Pflaumenkern in die hohle Wange floppen ließ und mir mit ungerührter Miene vorstellte, ich hätte einen harten Pfropfen in der Backenzahnhöhle, glaubte ich, den Grund für meine Feuerfestigkeit, wenn man das so nennen konnte, erkannt zu haben. So ganz klar war die Sache nicht, aber doch genauso eindeutig, wie man Regen voraussagt, wenn der Queltehue stark weht: Wenn Mama sterben würde, hätte ich auf der Erde auch nichts mehr zu suchen. Das mit dem Feuer war wie der Trailer zu einem Horrorfilm; vielleicht aber auch nur das Blabla meiner schweifenden Gedanken, der verderbliche Einfluß zu häufiger Kinobesuche.

Ich sah meinen Vater an, und gerade, als ich es ihm sagen wollte, legte er seine dicken Hände in Augen-

höhe aneinander und preßte sie zusammen, bis sich der Spalt zwischen seinen Handflächen schloß.
»Sie wird nicht sterben«, sagte ich. »Das Fieber macht einem nur Angst.«
»Das ist die Abwehr des Körpers.«
Ich hustete mir die Kehle frei.
»Wenn ich das Rennen gewinne, haben wir etwas Geld. Wir könnten sie dann in eine anständige Klinik bringen.«
»Wenn sie nicht vorher stirbt.«
Ich spuckte den glattgelutschten Stein über die Schulter. Papa raffte sich auf und biß in einen saftigen Pfirsich. Wir hörten Mama in ihrem Zimmer stöhnen, ohne Worte diesmal. Ich trank meinen Kaffee in drei großen Schlucken aus und empfand es beinahe als tröstlich, daß ich mir dabei die Zunge verbrannte. Als ich aufstand und mir ein Brötchen in die Tasche steckte, rollte die Reihe der Brotkügelchen zur Erfrischung in eine Art Rotweinlache, die aber nur scheinbar feucht war, da sich seit Mamas Krankheit die Flecken auf dem Wachstuch mit untergründigem Vorwurf über Wochen hielten.
Ich verabschiedete mich ganz beiläufig; in gewollt lässigem Ton.
»Ich geh' dann mal.«
Als Antwort drehte Papa nur den Kopf weg und sah prüfend in die Nacht hinaus.
»Wann ist das Rennen?« fragte er nach einem Schluck aus der Tasse.

Ich kam mir vor wie ein Schwein; und zwar nicht gerade wie eines dieser niedlichen rosa Ferkel aus den Comics.

»Um neun. Aber ich muß mich vorher noch ein bißchen warmlaufen.«

Ich zog die Hosenklammern aus der Tasche, warf mir den Beutel mit meinen Sachen über die Schulter und summte dabei ein Lied von den Beatles, eins von diesen psychedelischen.

»Es täte dir vielleicht besser, noch ein bißchen zu schlafen«, meinte Papa. »Du hast schon zwei Nächte ...«

»Ich fühle mich prima«, sagte ich und ging zur Tür.

»Na schön.«

»Laß deinen Kaffee nicht kalt werden.«

Ich schloß die Tür so sanft, als hätte ich mich unter Küssen von einem Mädchen verabschiedet, und löste dann die Fahrradkette von der Stange des Treppengeländers. Ich klemmte mir das Rad unter den Arm und lief, ohne auf den Aufzug zu warten, die vier Stockwerke auf die Straße hinunter. Unten drückte ich mich noch eine Minute herum und drehte am Rad, unschlüssig, wohin ich mich wenden sollte. Ein frischer Morgenwind blies jetzt, sacht und kühl.

Ich stieg auf, glitt mit einem einzigen Tritt in die Pedale über die Bordsteinkante und fuhr die Alameda entlang zur Plaza Bulnes, umrundete den Brunnen in der Mitte des Platzes, bog dann links ab zur Kellerkneipe von Tobar, dem Mulatten, und hockte mich unter die Eingangsmarkise, um der Musik aus dem

Untergrund zu lauschen. Am schlimmsten war, nicht rauchen zu dürfen, um das Bild des tugendhaften Sportlers nicht zu zerstören, das uns der Trainer in den Kopf gehämmert hatte. Jedesmal, wenn ich völlig verräuchert ankam, schnüffelte er und schickte mich dann weg. Davon abgesehen fühlte ich mich wie ein Fremder im frühmorgendlichen Santiago. Wahrscheinlich war ich der einzige Junge in Santiago, der eine todkranke Mutter hatte, der einzige und absolute Versager im ganzen Universum, der es nicht geschafft hatte, ein Mädchen abzuschleppen, um sich einen faden Samstagabend zu versüßen; das einzige und wahrhaftige Rindvieh, dem bei einer traurigen Geschichte immer noch die Tränen kamen. Und plötzlich erkannte ich die Melodie des Quartetts, genauer gesagt, die Trompete von Lucho Aránguiz, die »I can't give you anything but love, baby« blies, und zwei schweigsame Pärchen gingen unter der Markise hindurch, grau wie die Asche, die das schwarze Schaf aus unserer Klasse immer auf den Gehweg gestreut hatte, und etwas Unheilvolles und Unvergeßliches lag in dem Gemurmel des Wasserstrahls an der Ecke, und über dem Becken schien das Gefährt des Milchmanns den silbernen Wellen des Ozeans zu entsteigen und fuhr trotz des Temperaments seiner Pferde gemächlich dahin, und der Wind trieb zerknüllte Zigarettenschachteln und Papierfetzen vor sich her, und der Schlagzeuger schleifte das Thema wie eine lange, am Ende zerfasernde Kordel – cha-cha-cha-da-da-da –, und von unten kam ein betrunkener Jüngling herauf, um sich die schwitzende Stirn zu kühlen, mit unstetem Blick, vom Qualm geröteten Augen, gelockerter Krawatte und an die Schläfen geklatschtem Haar, und das Orchester spielte jetzt einen Tango, sophisticated, immer den gleichen, immer sucht einer voller Hoffnung, und jeden Moment konnten die Häuser in der Avenida Bulnes tot zusammenbrechen, und danach würde der Wind zu einer noch größeren Plage, würde aus Baugerüsten Barkassen, Masten und Segelwerk machen, Schnapsfässer aus neumodischen Heizungskesseln, Türen würden zu Möwen, zu kräuselndem Schaum das Parkett, Radios und Bügeleisen zu Fischen, und die Lager der Liebenden gingen in Flammen auf, Frack, Unterhosen und Armreifen wären Krebse, wären Mollusken, wären Streusand, und jedem Gesicht gäbe der Sturmwind das Seine, die Maske dem Alten, das abgerissene Gelächter dem Pennäler, der schönen Jungfrau den süßen Staub der Blüten, alle niedergemacht von den Wolken, zerschmettert alle an den Planeten, sich niederkauernd im Tod, und mitten unter ihnen ich, den Orkan mit den Pedalen tretend, die Worte stirb nicht, Mutter, auf den Lippen und »Lucy in the sky with diamonds« singend, all die nutzlosen Polizisten, die mit ihren Reitgerten auf imaginäre Pferde einpeitschen, rittlings auf dem Wind, von Gärten gepeitscht, so hoch wie Papierdrachen, von Statuen, und ich sagte die letzten in der Schule gelernten Spanischverse auf, widerwillig nur, malte etwas Pornographisches in Aguilars Schulheft, stibitzte Kojman das Portemonnaie aus der Tasche und stach dem dünnen Leiva die Bleistiftspitze in den Hintern, ich sagte Verse auf, und der Jüngling schnallte sich den Gürtel enger, langsam wie einer, der, nach Zärtlichkeit dürstend, das Liebeslager verläßt, und sang dann plötzlich, gänzlich unbekümmert um den Text, als wäre jedes Lied bloß ein Regenguß vorm Aufklaren, und stolperte dann wieder die Stufen hinunter, und Luchito Aránguiz spielte jetzt ein Solo auf der Trompete, immer konzentrierter, und alles wurde Jazz, und als ich ein wenig frische Morgenluft schnappen wollte, um den Gaumen, den Hals und das Fieber zu kühlen, das zwischen Bauch und Leber in mir zerrte, stieß ich mit dem Kopf gegen die Mauer, heftig und geräuschvoll, kramte benommen in meinen Hosentaschen, zog die Schachtel heraus und rauchte lustvoll und gierig, rutschte dabei an der Hauswand hinunter, bis ich auf der Erde saß, kreuzte die Arme und überließ mich hingebungsvoll dem Schlaf.

Geweckt wurde ich vom Trommelschlag und Klarinettenklang irgendeiner glorreichen Kapelle, die um das Riesenrad von Santiago herummarschierte, festmäßig herausgeputzt, obwohl es weit und breit keinen Krieg gab, in den man hätte ziehen können. Ich brauchte nur aufzusitzen und mein Rad ein paar Straßen weiter zu treten, um die tägliche Auferstehung der Waffelbäcker, der alten Mütterchen, der Erdnußverkäufer und all der bartlosen, modisch gekleideten Jünglinge mitzuerleben. Wenn die Uhr von San Francisco nicht wieder log, blieben mir noch genau sieben Minuten, um an den Startpunkt am Fuß des San Cristóbal zu gelangen. Obwohl in meinem Körper die Krämpfe wüteten, beherrschte ich noch den präzisen Auftritt aufs Pedalgummi. Ansonsten brannte schon die Sonne im Osten, und die Gehwege waren so gut wie menschenleer.

Etwas lebendiger wurde es, als ich den Pío Nono überquerte. Ich merkte, daß mir einige der Wettkampfteilnehmer taxierende Blicke zuwarfen, während sie den Hügel hinaufstrampelten, um sich aufzuwärmen. Ich erkannte López vom Audax, der sich die Nase putzte, Ferruto vom Green Club, der seine Reifen mit der Luftpumpe bearbeitete, und die Jungs aus meinem Verein, die den Instruktionen unseres Trainers lauschten.

Als ich mich zu ihnen gesellte, sahen sie mich vorwurfsvoll an, verkniffen sich aber jede Bemerkung. Ich ging gleich in die Offensive: »Kann ich noch eben telefonieren?«

Der Trainer deutete auf die Kabinen.

»Geh und zieh dich um.«

Ich übergab meine Rennmaschine dem Radwart.

»Es ist aber dringend«, sagte ich, »ich muß zu Hause anrufen.«

»Warum?«

Bevor ich noch zu einer Erklärung ansetzen konnte, sah ich mich zwischen zum Zoobesuch versammelten Kindern und betrunkenen blassen Jugendlichen am Erfrischungsstand gegenüber unsere Nummer wäh-

len und Papa fragen: »... was? Lebt Mutter noch? Ist der Arzt gekommen? Wie geht es ihr?«
»Ach, nicht so wichtig«, antwortete ich. »Ich zieh mich um.«
Ich schlüpfte in die Kabine und riß mir die Kleider vom Leib. Als ich nackt war, kratzte ich mir ausgiebig die Schenkel, die Waden und dann die Fersen, bis ich spürte, daß mein Körper reagierte. Ich wickelte mir sorgfältig das Stretchband um den Bauch und streifte dann die Wollstrümpfe über die granatroten Spuren, die meine Fingernägel hinterlassen hatten. Als ich mir die Wollhose anzog und das Unterhemd in den Bund stopfte, wußte ich, daß ich das Rennen gewinnen würde. Übernächtigt, mit ausgetrockneter Kehle und einem bitteren Geschmack auf der Zunge, mit maultiersteifen Beinen würde ich das Rennen gewinnen. Gegen den Trainer würde ich es gewinnen, gegen López und Ferruto, gegen meine eigenen Vereinskameraden, gegen meinen Vater, gegen meine Mitschüler und Lehrer, gegen meine eigenen Knochen, meinen Kopf, meinen Bauch, meinen inneren Zerfall, gegen meinen Tod und den meiner Mutter, gegen den Präsidenten, gegen Rußland und die Yankees, gegen die Insekten, die Fische des Meeres und die Vögel des Himmels, gegen den Blütenstaub würde ich es gewinnen.
Ich nahm eine elastische Binde und wickelte sie mir doppelt um Spann, Sohle und Knöchel. Als sie festsaßen wie ein trockener Fausthieb, sahen nur noch

die zehn Zehen heraus; fleischig, angriffslustig und beweglich.
Ich verließ die Kabine. »Ich bin ein Tier«, dachte ich, als der Starter die Pistole hob. »Ich werde gewinnen, weil meine Füße nur Krallen und Klauen sind.« Ich hörte den Schuß, und mit zwei scharfen Tritten, hart in den Pedalen, übernahm ich an der ersten Steigung die Spitze. Als die Steigung geringer wurde, ließ ich die Strahlen der Sonne ruhig über meinen Nacken fließen. Ich brauchte nicht weit nach hinten zu sehen, um Pizarnick vom Eisenbahnerclub zu entdecken, der dicht an mir klebte. Ich bekam Mitleid mit dem Jungen, mit seinem Verein, mit seinem Trainer, der ihm vermutlich eingebleut hatte, »wenn er in Führung geht, bleibe ihm auf den Fersen, solange du kannst, ganz ruhig und besonnen, verstanden?«, denn wenn ich gewollt hätte, hätte ich ein Tempo vorlegen können, daß der arme Kerl in fünf Minuten hätte kotzen müssen, mit berstenden Lungen, erledigt, fassungslos. Hinter der ersten Kurve verschwand die Sonne, und ich hob mein Gesicht der Heiligen Jungfrau auf dem Berg entgegen, und sie sah sanft, fremd und unbestechlich aus. Ich beschloß, mit meinen Kräften zu haushalten, verlangsamte meinen Tritt abrupt und überließ Pizarnick die Führung. Aber der Junge fuhr mit der Bibel unter dem Hintern. Er verlangsamte, bis er neben mir war, und an uns vorbei schoß ein blonder Junge vom Stade Français an die Spitze. Ich sah nach links und grinste Pizarnick an. »Wer war das?« fragte ich. Ohne meinen Blick zu

erwidern, japste er: »Was?« »Der uns überholt hat, wer war das?« Er schien nicht gemerkt zu haben, daß wir ein paar Meter zurückgefallen waren. »Kenn ich nicht«, sagte er. »Welche Marke fuhr er?« »Ein Legnano«, erwiderte ich. »An was denkst du?« Aber ich bekam keine Antwort mehr. Ich begriff, daß er die ganze Zeit überlegte, ob er sich jetzt, da ich die Führung verloren hatte, an den neuen Spitzenmann hängen sollte. Wenn er mich wenigstens gefragt hätte, dann hätte ich ihn warnen können. Schade, daß seine Bibel nicht auf Empfang geschaltet war. Noch eine etwas steilere Steigung, und dann gute Nacht, mein Herr. Er trat in die Pedale, bis er sich an den Blonden herangearbeitet hatte, und sah dann beinahe verzweifelt zurück, um den Abstand zu taxieren. Ich sah nach links und rechts, ob ich nicht mit irgendwem sonst schwatzen könnte, aber ich war ganz allein, etwa zwanzig Meter hinter den beiden ersten, und das Feld schob erst jetzt seine Nasen durch die letzte Kurve. Mit einer Hand hielt ich mein Herzklopfen in Schach und umklammerte mit der anderen die Mitte der Lenkstange. Wieso war ich plötzlich ganz allein? Wo waren Pizarnick und der Blonde geblieben? Und González und die andern vom Verein? Und die vom Audax Italia? Wieso wurde mir jetzt die Luft knapp? Warum wurde der Himmel über den Dächern von Santiago so niederschmetternd schwarz? Warum biß der Schweiß in meine Wimpern und verschanzte sich in den Augenwinkeln, um mir die Sicht zu trüben? Das Herz in meiner Brust klopfte heftig, aber nicht, um mir das Blut in die Beine zu pumpen, meine Ohren zum Glühen zu bringen, nicht um meinen Hintern im Sattel härter zu machen und den Tritt in die Pedale noch gewaltsamer. Nein. Dieses Herz ließ mich jetzt im Stich, weigerte sich, mitzumachen, trieb mir das Blut aus der Nase und trübe Schleier in die Augen, zerrte an meinen Venen, durchschlug mir das Zwerchfell, band mich unlöslich an einen Anker, an meinen Körper, das Ankerseil, an meine steifen Glieder, an meine Niederlage.

»Pizarnick!« schrie ich. »Halt an, verdammt. Ich sterbe!«

Aber meine Worte schwangen zwischen meinen Schläfen hin und her, zwischen Ober- und Unterkiefer, zwischen Speichelfluß und Halsschlagader. Meine Worte waren ein vollkommener Kreis lebendigen Fleisches: kein Ton war mir je über die Lippen gekommen. Mit keinem Menschen hatte ich je ein Wort gewechselt. Hatte immer nur zu meinem Bild in Schaufenstern, Spiegeln, winterlichen Pfützen, in den von schwarzer Schminke schweren Augen der Mädchen gesprochen. Und vielleicht gerade jetzt – Pedal auf Pedal, Tritt auf Tritt, Anstrengung auf Anstrengung – überfiel Mama dasselbe Schweigen – und ich bergauf, bergab, bergauf, bergab – derselbe blaue Tod des Erstickens – Schlag auf Schlag, Scheitern auf Scheitern – der Tod mit verstopfter Nase und gurgelnden Lauten in der Kehle – und ich Wirbel Strudel Turbine Räderwerk gekrümmter Widerstand – der weiße, endgültige Tod – mich hat noch nie jemand besiegt, Mutter! – und das Gehechel von drei, vier, fünf, zehn Fahrern, die mich überholten, oder ich selbst, der ich wieder zur Spitze vorgestoßen war, und für einen Augenblick sah ich mit halbgeöffneten Augen in den Abgrund, und ich mußte die Lider zusammenkneifen, damit nicht ganz Santiago hereinschwappte, mich ertränkte auf der Höhe der Welle und mich dann in den Abgrund risse, wo ich mir den Schädel auf dem Asphalt aufschlüge, auf Mülleimern voll streunender Katzen, an einer finsteren Straßenecke. Vergiftet, die freie Hand in den Schlund gepreßt und mir die Knöchel wundbeißend, durchfuhr mich der letzte klare Gedanke: eine grundlose Gewißheit, unübersetzbar, fesselnd, unaufhaltsam Glück verheißend, ja, gut, phantastisch, Bruder, dies Finale gehörte mir, meine Vernichtung gehörte mir, ich brauchte nur noch mehr in die Pedale zu treten und gewänne dieses Rennen, um meinem Tod einen Streich zu spielen, ich selbst hatte es in der Hand, was ich den traurigen Überresten meines Körpers noch abverlangen konnte, den pochenden Zehen, den fiebrigen Zehen, Engelszehen, Tentakelklauen, Skalpellkrallenzehen, apokalyptische Zehen, den letzten Zehen, Scheißzehchen, und in welche Richtung ich den Lenker riß, Osten oder Westen, Norden oder Süden, Kopf und Zahl oder nichts, oder vielleicht immer nordsüdostwestkopfzahl bleiben, in Bewegung verharren. Da bedeckte ich mein Gesicht mit der Hand, ohrfeigte mir den Schweiß herunter und jagte die Feigheit zum Teufel; lach doch darüber, du Idiot,

sagte ich mir, lach doch darüber, du Schlappschwanz, lach dich tot, denn du allein hältst die Spitze, keiner spreizt in den Abfahrtskurven sein Bein so elegant wie du.
Und in einem letzten Aufbäumen, das aus den Fußsohlen aufstieg und mir mit wunderschön sprudelndem heißen Blut Schenkel, Brust, Nacken und Stirn durchströmte, in einer Krönungsfeier, in einer Attacke meines Körpers gegen Gott, in einem unaufhaltsamen Prozeß, spürte ich, wie das Gefälle der Abfahrt eine Sekunde lang abnahm, und ich öffnete die Augen, zwang sie, in die Sonne zu sehen, und dann stoben die Reifen wirklich qualmend und quietschend davon, die Kette jubilierte, die Lenkstange flog wie ein Vogelkopf voraus, zeichnete sich scharf gegen den Himmel ab, und das Blitzen der Räder splitterte die Sonne in tausend Stücke und wirbelte sie durch die Luft, und dann hörte ich, hörte, mein Gott! wie die Leute auf den Lastwagen mich hochleben ließen, hörte das Quieken der Kinder in der Kurve zur Zielgeraden, den Lautsprecher, der die Positionen der ersten fünf durchgab. Und während des freien Falls, als ich dahinschoß auf dem neuen Asphalt, goß mir einer der Organisatoren lachend einen Eimer Wasser über den Leib, und zwanzig Meter weiter, ich triefte noch immer, lachte, fühlte mich leicht, sah jemand mich an, ein rothaariges Mädchen, und sagte »naß wie ein junger Hund«, und nun war keine Zeit mehr für Albernheiten, die Straße wurde glitschig, ich mußte aufpassen, die Bremse

benutzen, die Kurve wie einen Tango tanzen oder einen Walzer mit großem Orchester.
Der Wind blies mir jetzt den Sand aus den Augenwinkeln und brach mir fast das Genick, als ich den Kopf drehte, um zu sehen, wer zweiter war. Der Blonde natürlich. Aber nur wenn er mit dem Teufel im Bunde stand, konnte er mich auf der Zielgeraden noch überholen; und das aus einem ganz einfachen technischen Grund, der in allen Sportzeitschriften nachzulesen ist und so zusammengefaßt werden könnte: Ich benutzte nie die Handbremse, sondern drückte nur meinen Absatz gegen den Hinterreifen, wenn der Kurvenslalom begann. Kurve für Kurve war ich als einziger eine mit dem Rad verwachsene Bestie. Eisen, Blech, Leder, Sattel, Augen, Lampe, Lenker waren eins mit meinem Rücken, meinem Bauch, meinem Haufen steifer Knochen.
Ich fuhr durchs Ziel und sprang im Fahren vom Rad. Ich ließ das Schulterklopfen, die Umarmungen des Trainers, die Blitzlichter der Jungs vom »Stadion« über mich ergehen und stürzte die Coca-Cola in einem einzigen Zug hinunter. Danach stieg ich wieder aufs Rad und fuhr den Rinnstein entlang nach Hause.
Vor der Tür zögerte ich, ein letzter Argwohn überfiel mich, der Schatten einer Ungewißheit vielleicht, der Gedanke, daß alles nur eine Falle gewesen war, eine Fata Morgana, als wären das plötzliche Aufbrechen der Milchstraße, das tausendfache Glitzern der Sonne in den Straßen, die Stille nur die Vorschau eines Films

gewesen, eines Films, der nie gezeigt werden würde, weder im Zentrum noch in den Vorstadtkinos, noch in der Phantasie irgendeines Menschen.
Ich drückte auf die Klingel, zwei-, dreimal, kurz und dramatisch. Papa öffnete die Tür, einen Spaltbreit nur, als habe er vergessen, daß er in einer Stadt lebte, in der die Leute in den Häusern ein und aus gingen, an die Türen klopften, klingelten, einander besuchten.
»Mama?« fragte ich.
Papa lächelte und vergrößerte den Spalt.
»Es geht ihr gut.« Er legte mir die Hand auf die Schulter und zeigte auf das Schlafzimmer. »Geh rein zu ihr.«
Ich räusperte mich, daß die Wände bebten, und drehte mich auf halbem Weg noch einmal um.
»Was macht sie?«
»Sie frühstückt gerade«, antwortete Papa.
Ich trat auf Zehenspitzen an ihr Bett und sah fasziniert zu, wie sie elegant den Suppenlöffel an die Lippen führte. Ihr Gesicht war fahl, und die Stirnfalten hatten sich einen Zentimeter tiefer in ihre Haut gegraben, aber sie löffelte anmutig, rhythmisch ... hungrig.
Ich setzte mich auf die Bettkante, mit den Gedanken weit weg.
»Wie war's?« fragte sie und zerbröselte einen Zwieback.
Ich brachte ein filmreifes Lächeln zustande.
»Ganz gut, Mama.«

An ihrem Schal hing eine weiße Nudel. Ich beugte mich vor, um sie wegzunehmen. Mama hielt meine Hand in der Bewegung fest und küßte mir sanft das Handgelenk.
»Wie fühlst du dich, Mama?«
Sie fuhr mir mit der Hand über den Nacken und strich mir dann eine Haarsträhne aus der Stirn.
»Gut, mein Sohn. Willst du deiner Mutter einen Gefallen tun?«
Ich hob fragend die Augenbrauen.
»Bring mir ein wenig Salz. Die Suppe schmeckt fade.«
Ich stand auf, und bevor ich ins Eßzimmer ging, ging ich zu meinem Vater in die Küche.
»Hast du mit ihr gesprochen? Sie ist viel munterer, nicht?«
Ich sah ihn an und kratzte mir genüßlich das Kinn.
»Weißt du, was sie will, Papa? Weißt du, was ich ihr holen soll?«
Er nahm die Zigarette aus dem Mund und blies eine Rauchwolke aus.
»Sie will Salz, Papa. Salz will sie. Sie sagt, die Suppe sei fade, und sie will Salz.«
Ich wirbelte auf dem Absatz herum und suchte das Salz im Regal. Als ich es herausnahm, fiel mein Blick auf die Karaffe mit dem Punsch, die ohne Deckel mitten auf dem Tisch stand. Ohne die Schöpfkelle zu benutzen, tauchte ich ein Glas bis zum Grund hinein und goß mir das kühle Naß durch die Kehle, und es störte mich nicht im geringsten, daß mir die Hälfte

über Brust und Hemd lief. Erst als ich aufstoßen mußte, merkte ich, daß der Punsch etwas säuerlich schmeckte. Schuld daran war der verdammte Alte, der wohl nie lernen würde, den Deckel auf die Karaffe zu tun. Ich genehmigte mir noch einen Schluck, was sonst.

Eins zu eins

»Wie die Lust so schnell entweicht,
wie sie, da du's kaum gedacht
Schmerz gebar.«

Jorge Manrique

ich sah die Pferde sich vom Boden lösen, sah das spiegelnde Licht der Sonne wie Wasserglanz auf die Rennbahn fallen, sah die Reitgerten den Takt einer Musik schlagen, die in den Bäuchen klopfte, sah die Reiter sich festbeißen in den Ohren ihrer Pferde, sah T. S. Eliot rittlings rezitierend auf einem Fuchs, sah Allen Ginsberg mit einem Brocken chilenischer Kohle in der Hand, als wolle er irgendwen irgendwas fragen, sah die Toten des Streiks vom 2. April mit Sand das Blut abreiben, das ihnen aus den Zungen quoll, sah in feuchtglänzendem Orangenregen die Früchte auf den Sand schlagen und wieder gen Himmel springen, sah Herman mit seinen Hermits »Oh, Mrs. Brown, you have such a lovely daughter« singen
ich sah Zorro Alamos nachdenklich auf der Trainerbank sitzen, sah eine Finsternis, sah die Heldin aus »Schießen Sie auf den Pianisten« hinsinken in den endlosen Schnee, sah die fromme Erika, wie sie es mit dem Freund ihrer Schwester trieb, sah Hemingway weinen, sah Cuba triumphierend durch die Lüfte

gleiten, sah die Reede im Hafen von Valparaiso leer und ausgestorben, sah Roberto Espina, den Puppenspieler, in den Armen einer dicken, irgendwie fremdländisch wirkenden Negerin an einer Wassermelone knabbern, sah Christus lächelnd in einer Fernsehsendung von Kanal 13, sah Garth Winslow, wie er mit lauter Stimme aus »Aschenputtel in San Franzisko« vorlas, sah Chet Baker, der sich die Ratschläge eines italienischen Fans anhören mußte, sah Präsident Nixon, der verlegen zu mir gerannt kam, um mich um Rat zu bitten, sah Brigitte Bardot in den Wechseljahren, sah Rock Hudson einen Jüngling liebkosen, sah Fernando Vargas auf der Trompete »April in Paris« blasen und mich selbst zur Begleitung auf einen Topf schlagen

ich sah Judas die Silberlinge fortwerfen, sah Peter O'Toole als die drei Erzengel, die in der Version von Cecil B. de Mille Babylon zerstören, sah hundert Witwen, die Fäuste im Mund, sah tausend Bräute mit entblößten Brüsten, sah endlose Misthaufen, von Maultieren zertrampelt, sah den gelähmten chilenischen Falken, sah Andenhirsche kurzsichtig eine Witterung aufnehmen, sah die elektronischen Automaten in den Spielhallen kotzen, sah die Stammkunden des Café Haiti, nackt, ihre schlaffen Schwänze in den Händen, sah Woolworth-Anzüge auf den Gehwegen, verachtet selbst von den ärmsten der Armen, sah die Kacke der Tauben von der Plaza de Armas auf das Polizeiorchester niederregnen, das gerade Sibelius spielte

ich sah 2 CV's selbstmörderisch den Abhang von Barriga hinunterrasen, sah Patientinnen in staatlichen Hospitälern die Brustwarzen der Ärzte küssen, sah Krankenschwestern bei der Vorbereitung eines Wohltätigkeitsballs, sah eine Gruppe von Leuten in einer Armensiedlung die Ohren von Arbeitern begraben, sah hundert Fässer roten Weins, bestimmt für eine ländliche Hochzeit, sah dreißig Schriftsteller zur Küste aufbrechen, um dort nie begonnene Romane zu beenden, sah ein Gemeinschaftsbett, so groß wie ein Fußballplatz, sah zerstörte Treppenaufgänge und kaputte Flure, sah die Kordilleren dahingehen und hörte sie jemanden hinter mir fragen: Wie heißt du, wie heißt du?
ich sah die Eröffnung eines Kongresses von Abtreibungsärzten, die sich auf Malthus beriefen, sah eine Gruppe geflohener Sträflinge aus einer Telefonzelle mit ihren Ex-Bräuten telefonieren, sah Pablo Nerudas Frau in ihrem Haus in Isla Negra Weihrauch verbrennen, sah Johnny Weismüller auf einem Highway, und er brüllte: ich bin verloren, ich bin verloren, ich leide unter Existenzangst, ich schwöre es, sah dreißigtausend enttäuschte Pärchen jeden Alters an einem Sonntagabend keine Kinokarten mehr bekommen und in gewaltigem Chor vor dem Paula-Filmpalast ein Protestlied anstimmen, sah die Schwulenvereinigung einen Fußballclub für die Aufstiegsliste nominieren, sah die Lehrer des Gymnasiums Scheiße und Kreide fressen und hörte sie dabei sagen: unglaublich, das schmeckt wirklich gut, sah den kleinen Foster, der

auf dem Ball der Jugend vom Club de la Unión an einem Samstagabend »Personality« sang
ich sah Bertrand Russel sich wegen irgendeiner unklaren Geschichte selbst verbrennen, sah, daß alle Spiegel blind geworden waren und keine Spiegelbilder mehr warfen, sah dreihundert Kristallüster an einer Ziegelsteinmauer zerschellen, sah eine Jagdgesellschaft Fasanen verschlingen, sah einen Orkan von Kampfhähnen mit herausbaumelnden Augen und aufgeplusterten Federn, sah die Kampfhahnzüchter der großen Avenida einen Holzkäfig mit weißen Tauben anzünden, sah die Kinder von Santiago ihre Eltern auspeitschen, sah den Rektor der Universität ein Astronautenzentrum gründen, sah Flash Gordon und den Zauberer Mandrake einen Text von Martin Heidegger rezitieren, sah Sun Axelsson auf einem Baum in der Calle Príncipe de Gales sich die Kleider vom Leib reißen, sah, wie auf einem Marktplatz in Schweden eine Statue aufgestellt wurde mit dem Gesicht von Nicanor Parra, und er war nackt, und ein Vogel bedeckte seinen Kopf mit seinen Schwingen
ich sah eine Wasserleiche vergnügt den Rio Mapocho hinuntertreiben, sah das Wasser zu kristallklaren Wellen werden und mich auf den Wellenkämmen meine liebste Geliebte lieben, sah die auswärtigen Tennisspieler vom Stadion Francés unter der Dusche sich küssen wie zwei Puppen, sah die Familie Mundt sich die Ohren und ihre unersättlichen Bäuche waschen und dabei brummeln: oh, das ist aberrr eine verrrdammte Scheiße, sah die Dienstmädchen von

Santiago es aufs Abartigste mit ihren Herrschaften treiben, sah gleichgültige Hunde, sah meine keuchenden Lungen, sah meine kranken Nieren und Hoden, sah das Pentagon das Ende der kapitalistischen Gesellschaft feiern
ich sah CIA-Agenten Beetle Bailey und Garfield lesen, sah Cecil Taylor plötzlich ganz anders als sonst loslegen und den Blues auf Art der Stompers blasen, sah Vargas Llosa, der erklärte: eigentlich habe ich eine gute Meinung von mir, sah Julio Cortázar die Pfeife ausklopfen und sagen: in Ordnung, Schluß jetzt, basta, sah umgestürzte Eisenbahnzüge und die Lokführer mit einer Gruppe christdemokratischer Bauernfänger Fußball spielen, sah auf einer einsamen Straße die Leiche von Gabriela Mistral, sah Heiler aus England die Nabelschnüre von Neugeborenen ablecken, sah Magnaten der Rüstungsindustrie Blindekuh spielen, sah Bobby Dylan, der ihnen dabei zuschaute
ich sah sterile Bankmanager auf den Terrassen von Waisenhäusern herumlungern, sah einen mit Weinlaub bekränzten Redner, der die Worte sprach: »London hat etwas Gesundes, Ansteckendes und Kraftvolles, noch wie zu Shakespeares Zeiten«, sah zwei Liebende beim Orgasmus sich erdolchen und stöhnend, weinend, lachend verbluten, sah viele Verliebte über die Gehsteige schieben und sich bei den Alten entschuldigen, sah die Bergbahn vom San Cristóbal sich vom Hang lösen und über Santiago dahinfliegen, und in ihr saß allein meine Geliebte, und ich verfolgte sie

auf der Erde und rief ihr zu: keine Angst, du darfst nur nicht aussteigen, wie ist es da oben, aber steig nicht aus, und die Gondel verdeckte die Sonne und sie lächelte und wir waren wirklich glücklich

ich sah einen unverständlichen Dialog ohne Gesten und Blicke zwischen dem Filmemacher Raúl Ruiz und Astor Piazzolla, sah die chilenische Nationalelf Weltmeister werden, aber weder J. M. noch Solîs noch Verdugo saßen hinter ihren Mikrofonen, da sie wieder nichts auf den Sturm gegeben hatten, sah Lucho Gatica im Astor-Theater auf einer Wohltätigkeitsmatinee für das nächste Erdbeben ein Lied von Roberto Lecaros schmalzen, sah den großen Psychodoktor Asenjo sich mit einem Finger an die Schläfe tippen und sagen: »Das Geheimnis meines Erfolgs liegt in der Überzeugung, nichts von Bedeutung hier drinnen zu haben«, sah die Angestellten einer Bank ihre Fernseher steinigen und ihre Frauen auf eine unheilige Weise nehmen, bis daß sie starben, sah einen Patrioten, sah die Auferstehung, sah Präsident Alessandri auf der Anklagebank, dem man wegen eines Verbrechens aus Leidenschaft den Prozeß machte

ich sah hundert von Zwergen geblasene Posaunen Feuerfunken sprühen, sah das brasilianische Volk verwundert an der Grenze zusammenlaufen, sah viele junge Priester herzhaft lachen, sah das Aufkeimen einer Rose, und es war ekelhaft wie ein Einlauf, sah Jugendliche mit Dolchen ohne Heft balancieren, sah zahllose Katzen sich mit ihren eigenen Krallen die Kehlen zerfleischen, sah wie meine Geliebte in der

Weite des Raums sich ihr Haar kämmte, sah Bronzefiguren und glänzende Oberflächen die Sonne verhundertfachen und die Schatten verdrängen, sah das Meer aller Zeiten und aller Namen, das Meer, das in unseren Gesängen wohnt, sah meine Hände an eiserne Gitter geklammert, und ihre Kälte schmerzte wie Messerstiche, sah einen Horizont voller Pferde wie Lava niederrauschen und den Donner in Richtung meiner Hornhäute rollen, sah den Sand verschwommene Lichtwände errichten, sah Seide wie wütende Kampfstiere entflammt, sah die vergeblichen Versuche der Verlierer und die Gerten auf die Flanken klatschen, sah den Triumph und danach die Einöde

Ich schob die Blonde in ein Taxi, und der neurotische Chauffeur sagte, ich solle die Tür nicht so zuschlagen und bloß nicht auf die Sitze kotzen. Ich hatte große Lust, ihm den Karren abzukaufen und ihn mit einem Fußtritt an die Luft zu setzen. Aus Rache sagte ich ihm, er solle uns ins Nobelhotel »Carrera« fahren. Ich hielt meine Manuskripte umklammert, und als ich darüber nachdachte, fand ich die Idee gar nicht so schlecht, mit dem Geld von der Rennbahn ein Dutzend Erzählungen zu veröffentlichen. Die Blonde würde ich im »Carrera« unterbringen, in der Hochzeitssuite, und nachdem ich sie flachgelegt hätte, würde ich ihr meine gesammelten Werke vorlesen, Fasanenknöchelchen dabei ablutschen und ihr die Hinterbacken kratzen.
Die Portiers sahen wie gutmütige Pferdesportfreunde

aus, und gerade als einer von ihnen den Schlag aufriß, fing die Blonde an, Lebenszeichen von sich zu geben, und ich halte ihm fünfzig Tausenderscheine hin, und dann nahm sich zu meiner Überraschung die Blonde der Situation an, gab sich beim Anblick des »Carrera« plötzlich wie eine Walküre, warf das Haar über die Schultern und schritt hochmütig über den Teppich zur Rezeption. Ich bat sie leise, norwegisch mit mir zu sprechen, und während man uns den Schlüssel aushändigte, überschüttete sie mich in einer Sprache voller K's und V's mit Obszönitäten, was mich erregte und beinahe meinen ausländischen Akzent verdarb, den ich mir für alle Fälle zugelegt hatte. Das Schlimmste war jedoch, daß sie nicht aufhörte, am Metallreißverschluß meiner Hose herumzuspielen, während ich uns eintrug und mein Lachen nicht unterdrücken konnte und der Empfangschef zum Glück dachte, ich very happy in Chile, haha, und mir eine Essokarte von Santiago schenkte. Zur Strafe bat ich ihn, mir in der Küche einen Fasan oder etwas ähnlich Aufwendiges zu bestellen, und er sagte, er werde sich darum kümmern, sie hätten zwar keinen Fasan, aber er könne eine Schale Kaviar aufs Zimmer schicken, wenn es uns genehm sei, natürlich war es uns genehm, und wir würden uns auch eine Flasche Champagner genehmigen, wenn es nur kein Valdivieso war, und es war uns auch genehm, uns nackt auf einem Teppich in unsere Atmung zu vertiefen.

Der Zimmerkellner öffnete uns die Tür, und noch

bevor er sie wieder ganz geschlossen hatte, hatte ich mir bereits das Hemd über den Kopf gezogen und sehnte mich nach einem guten Schluck. Teresa führte mich ans Fenster, und ich blies ihr meinen Atem in den Nacken. Die Plaza lag wie eine unheimliche Landschaft da, aber das Glas drückte sich kühl gegen meine Stirn, und wir starrten in theatralischer Melancholie schweigend auf die geparkten Autos, bis mich ein Gefühl des Unbehagens überkam, hier mit einer Unbekannten zu stehen, die mit Sicherheit betrunken war, obschon sie einen ausgeprägten Sinn für große Momente hatte, die zweifellos minderjährig war, wenn auch, nach ihrer Fingerfertigkeit zu urteilen, nicht mehr Jungfrau, und andererseits täuschte ich mich entweder gewaltig oder ich hatte eine andere Frau gewollt, nicht diese, sondern eine andere, wegen der ich mir gestern abend auf dem Fest ein aufgeschlagenes Wangenbein und eine gequetschte Augenbraue eingehandelt hatte, und eine Taube hatte sich auf das Fensterbrett gesetzt, und von draußen nach drinnen, von Santiago in die Hülsen meiner Knochen hinein, wurde es unaufhaltsam Sonntag. Erstens war die Innenstadt so gut wie ausgestorben, dann die blauen Festtagskleider und lustig wehenden Schleier, die dicken Zeitungen unter dem Arm makellos rasierter alter Herren mit von Goldketten umrandeten Bäuchen und das Programm von Radio Minería, das die rankings der Schlager der Woche mit Sandro an der Spitze sendete. Eben jetzt sitzen die Leute zu Hause vor dem Radio, lieben sich, den duftenden

Rücken in die Bettlaken gedrückt, die ausschweifendere, stürmischere und hitzigere Liebesspiele gesehen haben als die ehelichen; und die Liebe am Morgen ist wie eine Vorwegnahme, wie eine Vorschau auf den Tod, wie das ausgezeichnete Vorwort zu einem schlechten Roman; und das Aroma der Brötchen, die Wärme des Brotes, die Bitterfarbe von Großmütterröcken, der Hauch feierlicher Zelebration einer verlorenen Zeit, die zurückholen zu wollen nur Feiglingen in den Sinn kommt oder Kindern, die sich daran erinnern, wie sie noch eine gute Brustwarze zwischen den zahnlosen Kiefern hielten, oder den ewigen Suchern nach der einzigen und alleinigen Gebärmutter, der unserer Allerheiligsten Mutter; oder denen, die die Liebe lieben, sie aber nicht praktizieren, den Todesfanatikern und grauen Säufern, die wahrhaftig glauben, einmal geboren zu sein habe mehr als nur die geringste Bedeutung, den unaufhörlichen Suchern nach sich selbst, denen sich die Eingeweide verknoten würden, wenn sie sich wirklich einmal fänden.
Diese Sonntage voller Popeline und provinzieller Mischgewebe in der Hauptstadt, die Hände voller Pläne, voller Verzichte, voller Tango und Nachbarschaftsseligkeit, Sonntage voller Straßenbahnen und Liebespärchen und Großtanten, all diese Sonntage wundgeriebener Spatzen, kurzer Hosen und entzündeter Kehlen und Fußball im Radio, mutlos den Bus besteigen und zum Stadion hinausfahren, dies ewige Hin und Her zwischen den Wänden, die Hand um den Schwanz gekrampft, bis er schmerzt, die Gier

nach ein paar Worten mit jemandem, mit einer Vierzehnjährigen, deren Eltern nicht wissen, daß sie fortgelaufen ist; ein Sonntag auf der Plaza bei einbrechender Dunkelheit, herumlaufen mit schamroten Worten im Mund, die Hände tief in den Taschen und tiefe Blicke zu den Sternen hinauf, seufzend und mit gepreßtem Atem, die Musikkapelle auf der Plaza verspotten, sich langsam näherkommen im gemeinsamen Haß auf die Mathematik (in Antofagasta muß das sein), in der Liebe zu den Stränden La Portada oder Las Almejas, zu Mistral oder Neruda, zu Frankie Laine oder Gatica, zu Brando oder Douglas, zu einem Zug aus einer »Opera« mit gesüßtem Papier, die in einem mondlichtüberfluteten Hauseingang von Hand zu Hand geht, mit tropfenden Wasserrohren und Gänsehaut, und die Hand an ihre Wange legen, ihre Augen berühren, schüchtern ihre Brüste streifen und hemmungslos verliebt gegen eine Adobewand sinken und lachen und sie nach Hause bringen, gegen Briefkästen und Busse stolpern, Waffelverkäufer und Milizionäre umrennen, als wäre die Liebe so wichtig, als wäre liebend sich hinzugeben das Ein und Alles, als könne man das ganze verfluchte Leben zwischen Sofas und Seufzern verschleudern, zwischen Blicken und flüchtigen Begegnungen, zwischen geschniegeltem Gehabe und vernunftbegabtem Handeln, als wäre es die unendliche Geschichte, als wäre das Leben nicht eine perfekte Häckselmaschine, nicht eine Hure, die eben Gewebtes wieder zerreißt, und dir dann ihre Klauen ins Fleisch schlägt und dein ganzes

Sein mit Haut und Haaren zur Kasse bittet, und verschwinden, alles zurücklassen, die einzige Möglichkeit, dich über dein Bild zu beugen und deinem Narzißmus den Rest zu geben, mit ganz gewöhnlichem Wasser ohne Geruch und Geschmack auf der Zunge, nur älter wird dein Bild dann sein, mit aufgewühlten Lungen, durchlöcherter Leber, verödeten Nieren und schlaffem Geschlecht.
Und viele andere Sonntage noch, nicht so schön wie dieser, mit erhitztem Gesicht an der runden Schulter einer dieser Walküren, die völlig haltlos bis nach Chile vorgedrungen sind, weil sie die Magellanstraße mit dem Skagerrak verwechselten, mit viel Geld und so frei, wie ich es mir gar nicht ausmalen konnte, und den Stoß des Dolches zu spüren, gerade so tief, daß man sich noch nicht beunruhigen mußte, und ihr in die blauen, tiefblauen Augen sehen.
Teresa war ein schönes Mädchen hier an meiner Seite, und sie war tatsächlich so betrunken, daß sie beinahe umfiel, und ich spürte, noch der geringste weitere Druck, und wir würden umfallen und es direkt am Fenster treiben, und es würde nichts werden, selbst wenn ich Alain Delon oder so persönlich wäre, so daß ich sie von da fortzog, und gleich darauf schnarchte sie schon, ganz ruhig, als würde sie für eine sehr intime Filmszene abgelichtet, und ich ging ans Fenster zurück und hätte schwören können, daß ich dastand und starrte, ohne an irgend etwas zu denken, und im Stehen einschlief. Natürlich: genau wie ein Pferd.

Und ich hatte einen Traum. Das ist unvermeidlich: ich mache die Augen zu, und schon beginnt die Gratisvorstellung für die ganze Welt. Wenn dann beim Erwachen weder Kaffee zur Hand ist noch ein Plattenspieler, ziehe ich mir die Hose an und spaziere durch den Garten oder durchs Wohnzimmer, wenn es Winter ist und regnet, bis der Morgen heraufzieht und die Wolken sich zusammenballen und man weiß, gleich kommt die Sonne hervor und der ganze Planet trocknet aus vor Kälte, und man hockt sich hin, um das Eis zu atmen, und befühlt die milchige Feuchtigkeit einiger Pflanzen, fühlt ihre leichte Berührung und zugleich die berührende Hand und man befühlt sich so schmerzhaft gegen den Traum gegen den Mauerzement gegen den Lehmstaub des Gartens gegen Hemden und Socken auf der Wäscheleine gegen Wasser aus einem Abflußrohr, und du spürst, daß es in Wirklichkeit keine Geschichte gegeben hat, daß es tief in deinem Blut oder Bauch, wo die Pein am stärksten wütet, keine Geschichte gegeben hat, nur Tanz und Maskerade, eine Reihe großer Menschen mit zugekniffenem Arsch auf dem Totenbett, hin- und hergerissen zwischen dem Entsetzen und einem erleuchteten Satz. Doch dann kommt die Sonne hervor, und du kannst dein Zittern beruhigen, die Beine ausschütteln, den Kühlschrank aufmachen und dir ein Glas Milch eingießen: du hast bezahlt. Du kannst jetzt wieder eine Woche mit deinem Entsetzen leben, zur Schule gehen, Radio hören oder eine Krawatte bügeln.

Ich hatte an dem Fenster einen sehr kurzen Traum, in den ich mich mit süßem Befremden verlor. Einen Traum, dem ich keinen Widerstand entgegensetzte, einen abwesenden Traum, als träumte nicht ich, sondern als hätte jemand, der mich kannte, einen Plan ausgeheckt, um in mich einzudringen und mit seinen Krallen den Schrei an seiner Wurzel zu packen, sie brutal zusammenzudrücken, daß ich schließlich stumpf und taub am Boden liegen würde. Es war ein Traum, den jemand für mich träumte, um mich in seine Gewalt zu bekommen. In meinem Traum sah ich eine Quelle, aus der trübes Wasser in den Patio eines Hauses sprudelte, wie ich nie eines bewohnt hatte, und meine Geliebte tritt zu mir, das Wasser sprudelte so schwarzbraun wie vorher, nur sah ich ihr jetzt in die Augen und konnte sagen: *Ich wette, du siehst das Wasser rein und klar,* und sie tauchte ihre Hände hinein und salbte meine Wangen mit Schlamm, und wir sahen uns an, liebkosten uns und schmierten uns den dunklen Lehm auf Brauen und Haar und um das Kinn, umarmten uns eine Sekunde lang traurig, dann lachend, dann weinend, danach dann ernst und wunderschön, wie Erwachsene, ihre Trauer wurde komisch, und je trauriger wir wurden, desto mehr mußten wir lachen, und sie sagte mir: *Ich warne dich, ich werde dich betrügen;* du betrügst mich bereits, sagte ich, und danach gab es nur noch endlose Weiten, gleichmäßige grüne Ebenen, tauglitzernd und fern, unerreichbar, unzugänglich, lieblich beschattet, doch ohne Bäume, ohne Häuser, ohne

Vögel, ohne Hügel und Täler, ohne Existenz; alles war hergerichtet wie ein herrliches Bühnenbild, es roch nach Rampenlicht, farbfleckigen Kostümen, falsch aufgestellten Scheinwerfern, und sie und ich, wir spielten in diesem Stück, und alles paßte ganz hervorragend zusammen, nur unsere Dialoge waren niederträchtig, verstümmelt, schön und traurig, und das Stück war ein Liebesdrama oder so etwas ähnliches, und das einzige, was den Raum durchflutete und ihn erfüllte, war das Gefühl, das uns verband wie ein Stromkreis, wie ein Tango, und es gab großen Verrat und schrecklich waren unsere Worte, wir fühlten uns wie Abtrünnige, als hätten wir plötzlich vergessen, daß wir ein Liebespaar waren, und wären uns von Sekunde zu Sekunde Fremde, die sich erobern müssen, Entzücken und Zauber hervorrufen, und keiner besaß den andern, alles war eine einzige Katastrophe, ein Verbrechen großen Stils, und das Fleisch widersetzte sich standhaft, wir zerkratzten uns die Gesichter und vielleicht war alles, was wir nicht lassen konnten, nur die Parodie einer großen Liebe, und sie betrog mich, während ich sie betrog, und wir waren nichts weiter als Marionetten in den Händen eines betrügerischen Gottes, Strohpuppen hohle Bestien verlogene Unschuldslämmer.

Ich hätte Sie nicht kennenlernen dürfen, Teresa. Sie waren wie der Zusammenschnitt eines Films, der auf keiner Leinwand der Welt je gezeigt, von keinem Verleih je verliehen worden ist. Sie wissen sehr gut,

daß mein höchstes Glück und mein tiefster Schmerz zwei verschiedene Dinge waren. Doch die Erinnerung ist ein blödes Stück Vieh; sie verschmilzt meine Freude jetzt mit meinem Schmerz, und kommt dieses Tier, so weisen meine Worte es zurück und rufen es doch gleichzeitig herbei. Hätten wir doch nie dieselbe Sprache gesprochen! Hätte uns das Unverständnis an diesem Samstagabend doch nur seinen süßen Dolch in die Brust gestoßen!
Für Gott müßte es doch ein leichtes sein, zwei traurige Tage aus der Weltgeschichte zu streichen: einen Samstag betrunkener Zankerei und einen Sonntag in Hotels, auf Pferderennen und Landstraßen. Mit dem kleinen Finger könnte Gott diese Tage ungeschehen machen. Was hat er davon, die Dinge so zu lassen, wie sie sind? Wie lange soll ich sie noch drehen und wenden, diese Worte?

Ich rieb meine Stirn am Fensterglas, und ein Anflug von Fieber ließ mich wachsam den Sonntag von Santiago belauern; abrupt sprang ich vom Traum in die Wachsamkeit. War die Blonde die Frau, die ich liebte? Was war der Sinn ihres Verrats? Warum ließ mich gerade ein Traum in der Großstadtwüste so schrecklich allein?
Mißmutig öffnete ich dem Kellner, der Kaviar, Champagner und Knabbergebäck brachte. Der Komödie des Eintagsmillionärs plötzlich überdrüssig, schob ich ihn wieder hinaus und stand lange Zeit rauchend und Fingernägel kauend am Fenster, spielte

mit dem Vorhang und warf Schattenbilder an die Wand. Ich knöpfte mir auch das Hemd auf und pfiff ganz leise einen Song der Beatles vor mich hin.

Ich legte mich neben Teresa ins Bett, so daß ihr Rücken an meiner Brust lag. Lange Zeit vergnügte ich mich damit, an ihrem Haar herumzuspielen, ohne sie dabei richtig zu berühren. Ob sie es merken würde, wenn ich sie jetzt bestieg?

Die ganze Einsamkeit und die ganze Schläfrigkeit und die Scheißstille blähten sich plötzlich in mir auf, und ich wollte alles über die Blonde wissen. Ich wollte, daß Teresa aufwachte und mir ihre Lebensgeschichte erzählte, genau wie in den Fotoromanen und die ganze Scheiße. Ich wollte, daß sie mir auf norwegisch all die Schweinereien sagte, die mich am Empfang so heiß gemacht hatten. Ich wollte, daß sie ihre Hand so lange auf meine Rippen legte, bis ich Lust bekäme, sie voller Stolz zu besitzen.

Ich sprach sie an, ohne sie zu berühren.

»Hör zu, Blonde. Sag etwas auf norwegisch zu mir.«

Ich drückte ihr einen Finger in den Bauchnabel und rührte darin herum, bis sie sich umdrehen mußte, um mir ernst ins Gesicht sehen zu können, wenn man es ernst ansehen nennen kann, wenn die Augen so dicht vor einem sind, daß man von den Wimpern gekitzelt wird. Dann lächelte sie.

»Weißt du, wo wir sind?«

Sie blinzelte.
»In Hollywood, du Dummkopf, in Hollywood. Ich habe Durst.«
Ich ging zum Tisch und drückte mir einen Eiswürfel an die Stirn. Ich goß ihr ein Glas voll, tunkte eine Art Oblate ein, mit Kaviar so schwarz wie der Haß, und wir stießen an.
»Was wir hier machen, ist abartig«, sagte ich zu ihr. »Was würde deine Mama sagen, wenn sie dich so sähe?« Du siehst aus, als spieltest du in einem Horrorfilm. Wie alt bist du?«
»Neunzehn. Meine Mama würde nichts sagen. Du kennst sie nicht.«
»Wie alt ist sie?«
»Fünfundzwanzig, glaube ich. Sie ist nicht meine Mutter, sondern meine Stiefmutter.«
Sie legte mir eine Hand auf die Wange und spielte danach eine Weile mit dem Kraushaar meiner Koteletten. Sie sähen aus wie die von Elvis Presley, wurde ihnen nachgesagt. Sie sah mich einen Moment lang an, und wir lächelten und suchten etwas hinter den Augen, und obwohl alles recht lustig war, lag doch etwas sehr Ernsthaftes in der Art, wie wir uns mit dem kleinen Finger an den Nasen entlangfuhren und unsere Zungen die Haut im Gesicht des anderen kosteten, ganz behutsam, wenn Sie wissen, was ich meine.
»Was machst du?« fragte sie mit dieser verschwommenen, kaum hörbaren Stimme, die Frauen manchmal haben und die soviel bedeutet wie: ist gut so, du

scheinst ein anständiger Junge zu sein, du darfst mit mir schlafen, mich ausziehen, mit mir sprechen, darfst schweigen und mir sagen, daß du mich liebst, und ich werde es glauben, wir können an einer Straßenecke miteinander trinken, bis uns das Morgengrauen betäubt, und auf den Bus warten, der nie kommt, nur verlange nicht von mir, so zu tun, als sei dies nicht zum Scheitern verurteilt, verlange nicht von mir, daß ich so schamlos bin und dir die Möglichkeit nehme, mich lieben zu können.

»Das weißt du doch«, sagte ich in dem Ton, den wir Männer manchmal annehmen und der wie ein Schluchzen ist mit all seiner Trauer, seiner Zärtlichkeit, seiner Geschmacklosigkeit, seiner feuchten Nähe zur Welt; aber auch hart ist wie ein Fels, zwingend, Neugier erweckend und von so beherrschender Beredsamkeit, daß man auf der Intimität seiner Worte eine Religion gründen könnte.

»Du hast es mir nicht gesagt.«

»Ich schreibe.«

»Gut?«

»Geht so. Ich hätte jetzt Lust, in der Weltgeschichte herumzufahren. Nach China, Afrika, New York.

»Was gefällt dir nicht an Chile?«

»Darüber habe ich noch nicht nachgedacht. Ich sagte nur, daß ich Lust hätte, zu verreisen. Ich habe nicht darüber nachgedacht, ob Chile schlecht ist. Willst du noch Champagner?«

»Ich trinke aus der Flasche. Deine Stirn gefällt mir.«

Sie legte zwei Finger an meine Stirn und betastete sie.
»Du hast Glück«, sagte ich. »Heute habe ich meine Hörner nicht auf.«
Sie trank einen Schluck, und mir gefiel die Art unglaublich, wie sie sich mit dem Arm über den Mund wischte und mir dabei in die Augen sah.
»Hast du eine Freundin?«
»Bis gestern abend, so ein junges Ding. Mit einer langen Mähne. Ich nenne sie zärtlich Ludwig van Beethoven. Vielleicht hast du den Namen schon mal gehört.«
»Bist du in sie verliebt?«
»In wen?«
»In sie.«
»Nein. Sie ist eine von den Frauen, die unbedingt heiraten wollen. Zum Glück bin ich kein Ingenieur. Denn nur daran denkt die Ludwig: An einen Ingenieur ... einen Bauingenieur, der ihr ei-ne Zu-kunft baut. Verliebt bin ich nur in dich«, sang ich in schönstem Falsett.
»Warum?«
»Weil du schön bist und frei. Kein Mensch käme auf die Idee, dich zu heiraten. Darum liebe ich dich.«
»Im Ernst? Du würdest mich nicht heiraten?«
Mit einem Kaviarhappen im Mund sah ich sie an. Um ehrlich zu sein, schmeckte ich den berühmten Kaviar gar nicht.
»Möchtest du, daß wir heiraten?« fragte ich.
»Nein.«

»Ich auch nicht.«
Aber ich dachte »ja«. Sie dachte »heiraten wir?«.
»Was verstehst du unter frei?« fragte sie.
Ich wußte es nicht genau. Um die Wahrheit zu sagen, wußte ich es weder genau noch sonstwie.
Sie steckte mir nachdenklich einen Finger in den Mund. Mit dem Fingernagel fuhr sie über meine Zähne und die Zungenspitze.
»Du hast gesagt, daß du mich liebst, weil ich frei sei. Was meinst du damit?«
»Das hab' ich so dahingesagt. Außerdem sagte ich zuerst, ich liebe dich, weil du schön bist. Das kann ich dir erklären, wenn du willst.«
»Nicht nötig. Ich weiß, daß ich schön bin. Ich kann es im Spiegel sehen.«
»Deine Freiheit auch.«
»Du mußt ein schlechter Schriftsteller sein. Selbst zum Bumsen brauchst du noch viele Worte.«
»Entschuldige, aber bisher haben wir noch kein bißchen gebumst.«
»Wir haben gebumst. Du bist ein ganz miserabler Schriftsteller. Wir bumsen seit gestern abend. Wir sind die ganze Zeit am Bumsen. Du kapierst überhaupt nichts.«
Sie sprach mit sanfter Stimme, was sie aber nicht hinderte, ihre Worte mit kleinen Luftexplosionen zwischen den Zähnen hervorzustoßen und die Lippen beim Sprechen weit zurückzuziehen. Die D und T klangen wie kleine Detonationen. Jetzt liebte ich sie wirklich. Jetzt wußte ich, weshalb sie frei war. Ich

ergriff ihr Handgelenk, nahm ihre Hand von meinem Gesicht, drehte den Kopf ein wenig nach oben und sah an die Decke.

»In Ordnung. Ich will dir sagen, warum du frei bist. Aber es wird etwas kitschig klingen.«

»Das macht nichts.«

»Also gut; du bist frei, weil du dich selbst respektierst. Weil du keinem hinterherrennst wie eine läufige Hündin. Weil eine Aura frischen Winds deine Hüften umweht. Weil du nicht so schamlos bist, deine Liebhaber von der Verantwortung zu entbinden, dich zu lieben. Weil du keine Krämerseele bist, die jedesmal nachrechnet, was sie gewinnt oder verliert, bevor sie mit einem ins Bett geht. Weil du hart bist wie ein Marmortempel und glänzend wie ein vom Regen blankgewaschener Stein. Weil deine Leidenschaft lustig ist wie Charlie Chaplin oder die Marx Brothers. Weil man bei dir Lust bekommt, zu lachen, für dich zu leiden und dich gehen zu lassen, damit auch andere dich lieben.«

»Wie alt bist du?«

Ich war noch völlig beeindruckt von meinen eigenen Worten, da schoß sie so eine Frage auf mich ab.

›Ich liebe dich‹, dachte ich.

»Ich liebe dich auch«, sagte sie.

»Das glaube ich nicht«, sagte ich. »Ich brauche einen Beweis.«

»Auf der Stelle, wenn du willst. Zieh dich aus.«

»Warte. Sag es mir auf norwegisch.«

»Zieh dich aus?«

»Nein. ›Ich liebe dich‹. Sag's mir auf norwegisch.«
»Jeg el sker dig.«
»Ich glaub', ich bin schon wieder besoffen. Laß uns dies Gesülze hier aufessen und neuen Champagner bestellen. Wer ist dein Lieblingsschriftsteller?«
Wir saßen mit gekreuzten Beinen auf dem Bett.
»Was weiß ich. Saroyan vielleicht. Alle Welt nimmt mich hoch damit.«
»Kenne ich nicht. Was hat er geschrieben?«
»Menschliche Komödie, Einatmen, ausatmen, Ich heiße Aram, Tracy's Tiger, Der waghalsige junge Mann auf dem fliegenden Trapez ...«
»Wer hat dich dazu gebracht, ihn zu lesen?«
»Wie, wer hat dich dazu gebracht, ihn zu lesen? Was soll das heißen, wer hat dich dazu gebracht, ihn zu lesen?«
»Ist doch klar. Du bist mit einem ins Bett, und der hat dich dazu gebracht, ihn zu lesen, stimmts?«
»Stimmt.«
»Und wer?«
»Ein junger Armenier, den ich in Uruguay getroffen habe. Seine Eltern hatten eine Metzgerei in Punta del Este. Wir waren tanzen in so einem Schuppen, La Cabaña hieß er, und er sagte, er wolle seinen Eltern einmal eine Chilenin vorstellen.«
»Und du bist mitgegangen.«
»Ja. Der Junge weckte seinen Vater und sagte, ich sei Chilenin. Der Vater fragte mich, ob aus Santiago, und ich sagte ihm nein. Er fragte dann, ob aus Iquique, aus Antofagasta, aus Talca, aus Punta Arenas.

Ich sagte, nein, aus Viña del Mar. Da blätterte er in einem Heft und fragte dann, ob ich die Karahanians aus Viña kenne. Ich kannte keinen Karahanian aus Viña, aber ich kannte einen gewissen Jacques Karahanian aus Santiago, der Lieder auf französisch sang, so sagte ich denn ja, ich kenne einen Jacques Karahanian aus Viña. Er fragte mich dann, wie es ihm gehe. Ich sagte ihm, Jacques Karahanian sei ungefähr dreißig Jahre alt und es gehe ihm gut, danke. Dann fragte er, was er mache, und ich sagte ihm, er sei Sänger. Aha, sagte er, wie Carlos Gardel also. Klar, sagte ich. Dann tranken wir schwarzen Kaffee, und der Alte las mir die Zukunft aus dem Kaffeesatz. Am nächsten Tag kam der Junge zu mir ins Hotel und schenkte mir zwei grüne Bücher mit den gesammelten Werken von Saroyan …«

»Hast du mit ihm geschlafen, bevor du Saroyan gelesen hast, oder hinterher?«

»Der Tag wird kommen, an dem alle Machos an die Laternen gehängt werden.«

Ich ergriff den Flaschenhals.

»Wer ist dein Lieblingsschriftsteller?« fragte sie.

»Die Person, die chier vorrr dirr sitzt.«

»Bestellen wir lieber noch einen Champagner.«

»Da habe ich eine bessere Idee. Wir gehen auf die Dachterrasse, leihen uns Badezeug und trinken den Schampus im Schwimmbecken auf dem Dach. Gib mir mal das Telefon.«

Ich nahm den Hörer ab und erklärte unser Vorhaben mit einer möglichst wenig öligen Stimme. Der Champagner war kein Problem, sie wollten ihn gleich heraufbringen. Schwierigkeiten schien es bei dem Badezeug zu geben. Eine Gringa hatte im Erdgeschoß eine Boutique, in der es vielleicht Badeanzüge gab. Ich sagte, wir hätten keine Lust, nach unten zu gehen, die Gringa möge mit einer Auswahl Bikinis heraufkommen. Sie entschuldigten sich dann noch einmal wegen des Fasans, aber Fasan würde so gut wie nie verlangt. Ich nahm die Gelegenheit wahr, zu sagen, »Was ist denn das für ein Hotel?«; ein Satz, den ich immer schon mal hatte anbringen wollen.

»Haben wir denn noch Geld?« fragte Teresa.

»Alles was wir noch haben, geben wir heute aus. Das macht Spaß, und ich mag nicht soviel Geld haben. Wer viel Geld hat, wird früher oder später dumm, dick und faul. Ruh dich noch etwas aus«, sagte ich.

»Aber gleich bringen sie den Champagner.«

»Ja, aber streck dich ein bißchen aus, vielleicht wirst du dann wieder nüchtern.«

»Wer ist denn hier betrunken?«

»Du bist betrunken. Ich bin nüchtern wie der Papst. Möchtest du meine Freundin sein?«

»Ich weiß nicht. Was täten wir, wenn wir befreundet wären?«

»Na ja, wir könnten uns jeden Tag sehen. Ich würde dir zu beweisen versuchen, daß meine Existenz nicht ganz unbedeutend ist, würde mir Sachen ausdenken, die dir Freude machen. Wir würden spazierengehen, ins Kino gehen, einer auf den andern eifersüchtig sein. Sonntags könnten wir in Enzyklopädien blättern oder fernsehen.«

»Wir könnten uns Landkarten ansehen. In der Schule war ich gut in Geographie. Ich habe auch einen Chile-Atlas vom Geographischen Institut der Armee; der interessiert dich vielleicht.«

»Oder wir kaufen ein Theaterabonnement und diskutieren Theaterstücke. Außerdem müßten wir uns Karten für das Festival der Filme aus sozialistischen Ländern besorgen. Willst du meine Freundin sein?«

»Du brauchst keine Freundin. Außerdem hast du noch nicht gesagt, welche Sachen du dir ausdenken würdest.«

»Im Moment fällt mir nichts ein.«

»Was wäre, wenn ich schwanger würde?«

»Mit deinen gesunden Skandinavierbäckchen sähest du dann wie ein runder Apfel aus. Du würdest einen Leoparden mit blauen Augen und goldenem Fell zur Welt bringen.«

»Würdest du mich heiraten?«

»Nun, man muß nicht gleich übertreiben.«

›Ja‹, dachte ich, ›ich würde dich heiraten.‹

»Mach dir bloß keine Sorgen. Ich will weder deine noch sonstjemandes Freundin sein. Was ist los?«

Ich hatte ihr den Arm um die Schulter gelegt und drückte sie an mich. Ich weiß auch nicht, wieso ich kein Hemd anhatte. Mit der anderen Hand fuhr ich ihr über die Wange, dann über die Beine und ließ sie auf ihrer Hüfte liegen. Wir gaben uns einen flüchtigen Kuß, und unsere Zungen berührten sich. Teresas Lippen wurden fleischiger und schienen röter und voller, als sie mich nach dem Kuß anlächelte. Ich sah plötzlich, wie es mit uns weitergehen würde. Vor mir sah ich einen Herbst, in dem ich mit diesem Mädchen von Hotel zu Hotel zog, einen Herbst mit ausgelassenen Partys, den ausgekühlten Vorstadtbussen früher Maimorgen, erbärmlichen, großspurigen Diskussionen über meinen Roman, sah mich über ihrem nackten Körper, an ihren Brüsten beißen, die ich absichtlich nicht einmal berührt hatte, während ich nun wie ein rasender Clown Aufschluß über ihre früheren Liebhaber forderte und mit den Nägeln meiner hektischen Finger auf ihrem Bauch verlangte, sie solle mich mit ihnen vergleichen und ihr Urteil zu meinen Gunsten fällen, sah lange Nachmittage des Alleinseins und der Abwesenheit, an denen irgendein Film in irgendeinem Kino noch eine angenehme Abwechslung war, wußte, daß wir in diesem Herbst die Tage ohne Geld in den Cafés totschlagen würden, bei gelegentlichen Gesprächen mit Leuten, die irgendwie Schauspieler, Maler oder Schriftsteller waren, obwohl wir meistens durchs Fenster starren, den Beschlag von den Scheiben wischen und den Geruch des Vieruhrnachmittagsregens einatmen würden, der so einsam macht, und den Geruch von Gummimänteln, Autoreifen und Puffmaiskarren, von sinnlosen Schustergeschäften und lustlosen Apotheken und Zeitungskiosken, von denen der Regen tropfte. Obwohl es vielleicht nicht diese Augen waren, mit denen ich den Herbst durchleiden würde; vielleicht war es nicht dieses Gesicht, das Zeuge meiner Feiern würde, sondern dieser feuchte, stille, begehrliche Blick war nur das Versprechen anderen Fleisches, eine Ankündigung anderer Haut, eine Prophezeiung anderer Ausdünstungen und anderer überlaufender Gläser und einer anderen Art zu lachen und eines anderen Beatlesongs und eines anderen Antonionifilms. Jetzt liebte ich das Glück, sie gefunden zu haben, liebte ihren Atem, der so rein war, als hätte Champagnerschaum ihre Zähne gewaschen, liebte ihre Wikingervorfahren, die Herren der Meere, und die Mondnächte, die sie nach Chile verschlagen hatten, und mit ihr liebte ich die Welt, liebte meine Eltern für die Inbrunst, mit der sie mich auf die Welt gebracht hatten, für den Schwindel, dem sie mit mir aufgesessen waren und den sie so geduldig ertragen hatten, die spanischen Eroberer, die Indios, die Mapuches, die Diaguitas, die Inkas, die Azteken, die Deutschen, Jugoslawen, Italiener, Schweizer, Franzosen, Norweger. Klar, ich liebte sie. Ihr zu Ehren wollte ich Pumas und Propheten entfesseln.

Sie half mir, sie auszuziehen. Unsere Hände waren feucht und plötzlich voll mit unseren Geschlechtern und die Sonne tausendfach an der Mauer gebrochen und das Telefon auf dem Teppich und die Stimmen leicht wie Bettlaken im Wind. Und die Lippen heiß und mißhandelt. Und die Beine. Und ich drang in sie ein mit zusammengekniffenen Hinterbacken und mit meinen Zähnen in ihren Ohren, und süß und glücklich gab sie sich hin und sagte wundervolle Worte, wie sie jeder Mann gern gehört hätte, und ihre Hände wühlten in meinen Schläfen und in meinem Nacken und alles war mühsam und doch so perfekt, und als wir uns voneinander lösten, erforschte ich in süßer Trägheit die Wölbung ihres Bauches, und unsere Erregung war weder berechnet gewesen noch künstlich, die Liebesszene hatte auch nicht so lange gedauert, wie ich es gern gehabt hätte, auch war sie weder so kühn noch so ausgefeilt gewesen, wie ich es mir irgendwann ausgedacht hatte, ihren Körper kannte ich kaum, wußte nichts mehr von der Beschaffenheit ihrer Schenkel, hatte nicht in ihre Knie gebissen, ihr Rücken war mir geradezu ein Rätsel, ihre Kehle nur eine Andeutung gewesen, und meine Lippen lechzten noch nach ihrem feuchten Geschmack. Sie aber hatte tosend gelacht, und es klang wie ein startendes Flugzeug, und danach hatte ich sie still geliebt, ganz im Bewußtsein meiner Haut und meines Geschlechts in ihr, bis ich mich nur noch in der Weite des Planeten verlieren und an ihren Knochen zerreiben konnte, meine Fingernägel in die Kopfkissen krallen und wie ein besoffener Kondor durchs Zimmer flattern und lachen. Und nichts von alledem hatte die geringste Bedeutung damals; vielleicht bedeutete es uns deswegen nichts. Aber außerdem hatte nichts die geringste Bedeutung damals, und es gab nur glatte Haut und bebende Brüste und Seufzer und noch zu schreibende Romane damals, und zu lesende Bücher und Menschen, mit denen man immer noch nicht gesprochen hatte damals, und dieses und jenes Land zu durchwandern und Klassenkämpfe auszufechten und seinen Hals dabei zu riskieren und Kinder zu zeugen damals und zu durchfeiernde Nächte damals, und die eine oder andere Trauer, die hinzugekommen wäre damals und neue Liebeleien zu suchen damals und Chansons von Serrat in den Wurlitzerorgeln sich anzuhören, und so viele Mysterien zu durchlaufen und zu erhellen damals und so viele Berge sich anzusehen damals und so viele spottende Leser damals und so viele Verräter, die mich verlachten damals, und so viele Shakespearestücke noch aufzuführen damals und sich so viele brasilianische Filme auf Festspielen anzusehen damals und an so vielen Projekten teilzuhaben, im Delirium ersonnen von Menschen meines Alters und Blutes und Landes und Wassers damals, und wenn dies das Leben war, so würde ich mich von niemandem darum bringen lassen, jetzt, da ich jung war. Ich hatte das Herz am rechten Fleck und einen kühlen Kopf. Ich war zu allem bereit und konnte es mit der ganzen Welt aufnehmen; mit mir selbst, mit meiner Geliebten, mit meinem Vater, mit dem Kapitalismus und der Philosophie und der Politik und der modernen Literatur.

»Was hast du denn?«

»Ich mußte an was denken«, sagte ich.

Ein paar Zigaretten lagen noch auf dem Bett.

»Was willst du tun?«

»Wie meinst du das?«

»Was willst du mit deinem Leben anfangen?«
»Was sich so bietet. Und du?«
»Morgen werde ich mich in der Universität einschreiben. In Literatur wahrscheinlich. Auf jeden Fall werde ich ein paar anständige Bücher lesen. Machen wir Literatur! Es ist zwar nicht Medizin und auch keine Technik, doch so ganz ehrlos ist es auch wieder nicht. Außerdem verursachen mir Mediziner und Ingenieure nur Magenbeschwerden. Wir werden Kommilitonen sein!«
Ich erhob mich nackt vom Bett und öffnete die Tür einen Spalt. Der Kellner reichte mir den Eiskübel und die Flasche herein, und versprach, alles menschenmögliche zu tun, um uns Badezeug zu beschaffen. Ich schob ihm einen Fünfziger zu, damit sich sein Eifer noch etwas steigere. Jedenfalls knallte der Champagnerkorken aus der Flasche, und der Champagner sprudelte auf den Teppich, und wir waren nackt und ließen ihn uns über Kopf und Brust laufen und lachten und tranken ohne Pause und sangen all die alten Lieder von Frankie Laine mit Jo Stafford, und wir sangen gut, das heißt, ich absichtlich etwas daneben, so wie ich immer singe, da mich formvollendeter Gesang keinen Deut interessiert, und sie ganz annehmbar, was man so kennt, nur daß ihre Stimme besonders kraftvoll war und sie das Vibrato beherrschte und ihr Falsett mein Blut wahrhaftig in Wallung brachte, und meine Stimme nicht besser war als die irgendeines Bankkassierers mit Opernsängerallüren,

aber mein Rhythmus war unübertroffen: aus der Schule von Lambert, Hendrick and Ross.
Und zwölf Uhr mittags war es, mit Kanonenschuß und unglaublichem Gestank nach Fischpasteten in diesem Carrera-Sarkophag; und das war meine Minute der Glückseligkeit, und zur gleichen Zeit, o Gott! lagen Hunderte von Todkranken in den Hospitälern mit ihren alten Mütterchen und ihren Frauen, die ihnen Obst und Zeitungen aus den Kiosken mitbrachten, eine Flasche Wein unterm Schultertuch verborgen oder gar ein getrüffeltes Huhn, mit vor Einsamkeit und Trauer eingefallenen Wangen, gestützt auf den ungerührten Arm irgendeines entfernten Verwandten, der gerade zu Besuch weilt. In den Mülleimern wühlen Menschen mit faltigen Gesichtern und brennenden Mägen nach Knochen und gärendem Brot, mit kraftlosen Händen, die eines Tages zur Waffe greifen werden. Frauen in den Händen von Engelmacherinnen in dunklen Löchern voller Ratten und liebestollen Grillen, in denen Kohlebecken glühen. So viele Sterbende überall, milchhäutige Jünglinge, die ein Rasiermesser durch das himmelblaue Bett einer Vene ziehen, um einer Liebe willen, die es niemals gab. Alte mit verbundenen Köpfen und pfeifenden Lungen, grausige Verbrechen, Vergewaltigungen und Massaker, begangen an gequälten und viel zu bescheidenen und verängstigten Menschen, als daß irgendeine Zeitung Notiz davon nähme. Scheißende Menschen und Tiere und Insekten darüber, die sie gleich darauf aussaugen, wie im Vorgriff

auf das letzte Mahl. Zur gleichen Zeit sang ich ein Lied aus einem fremden Land, die Leute kannten mich unter einem alten griechischen Namen und feierten mein Namensfest zu Hause am neunten Mai mit einer Flasche Cinzano, und ich mittendrin, mit nichts anderem im Sinn als einer Frau nachzustellen, die immer mehr die einzige und alleinige war. Die Sonne hatte das Zimmer gelb aufgeblasen, und mein Geschlecht begann sich wieder zu regen, schon ging mir irgendwie ein neuer Roman durch den Kopf, und der größte aller Dichter war Whitman. Andererseits mußte alles gut werden ... an diesem Sonntag. An diesem Sonntag würde der Zimmerkellner Badeanzüge auftreiben, das Schwimmbecken läge verlassen da, und von der Dachterrasse aus sähe die Stadt ganz menschlich aus, wir würden nicht ertrinken, obwohl wir betrunken waren und das Chlorwasser schluckten, die Musik würde von Bert Kaempfert oder Herb Alpert sein, je nach Yankee-Trend in Santiago, Teresa war eine stolze, kraftvolle Frau in ihrem weißen Bikini, wir würden zusammen die Universität besuchen, nachts läse ich ihr aus meinen Manuskripten vor, und als die Sonne auf der Terrasse uns ermüdet und betäubt hatte, sanken wir schlafend in den Schatten eines Sonnenschirms und erwachten später rot wie Hahnenkämme, und als Teresa mich fragte, was tun, fiel mir ein, daß Sonntag war und noch viel Zeit, ihn herumzubringen.

»Komm, zieh dich an. Wir fahren ans Meer.«

Ich kaufte noch eine Flasche Champagner und mie-

tete in der Lobby einen Wagen; einen Fiat, klein und mollig, der einiges hergab, wenn man ihn trat.
Schön war es, wie du deine Hand auf meinen Kopf legtest und auf die Landstraße blicktest, als du gedankenverloren die Feldwege zum Strand vorüberhuschen sahst, die offenen Furchen zwischen üppigen Weiden, die Reklametafeln, all die Häuser außerhalb von Santiago, in denen die Menschen zu Mittag aßen, Rotwein und Wasser tranken, die schwitzenden Radfahrer, die für irgendein Marathon trainierten. Alles war voller Harmonie. Wir brauchten kein Autoradio und keine Worte. Die stille Flauschigkeit hatte ihre eigene Melodie, ihren eigenen Rhythmus.
Auch schien es ganz natürlich, daß der rote Lieferwagen uns im Zickzack entgegenkam. Es stand offenbar geschrieben, daß wir der Straße unseren Tribut zu zahlen hatten. Ganz natürlich auch, daß der Staub am Böschungsrand wie eine aufgescheuchte Insektenwolke emporwirbelte. Und du dich in meinen Arm kralltest und wir über den Abgrund rasten. Da hast du dich in die Luft geschwungen, meine Liebste, *warst ein im Flug zerbrochener Vogel und die Luft des Nachmittags eine zerstückelte Sonne, du warst der Regen, und der Staub stob auf und ließ Blüten und Federkronen durch die Luft schwimmen, wie zum Himmel zurückstrebende Regentropfen, damit der Augenblick der Zerstörung niemals ende. Oder zersplitterte alles nur vor meinen Tränen, und in Wahrheit passierte nichts von alledem, sondern meine verlogene Phantasie wiederholt nur die Geschichte, die*

jetzt gerade ihren Lauf nimmt, diese gemeine Geschichte, die jetzt gerade ihren Lauf nimmt, diese gemeine, niederträchtige Geschichte, die die Detonation in den Augen nicht wahrhaben will, nicht die aufgeplatzten Nasen und den Geschmack nach Erde im Maul, in meinem Maul, denn dein Mund war unversehrt, deine Lippen, die du morgens nie geschminkt hast, und dein Blick wie eine Spielzeugarmee, wie ein Brennen blutgieriger und ängstlicher Soldaten immer ein wenig hinter dir selbst zurück, Nachzügler, ein Blick, der sehen wollte, was hinter deinem Rücken war, der deine Haut erforschte, die Musik, die einem Kupferhalsband entsprang, einem Gürtel, den du dir um die Hüfte geschlungen hattest als Krönung der herrlichen, straffen Wölbung deines Hinterns

mit meinen Fingern rufe ich jetzt deinen Namen, klammere mich an dein rotes Haar, an deine zerschlagene Stirn, sitze wie eine eingesperrte Bestie hinter deiner Stirn, ein König in einem magnetischen Himmel, der ewiges Schachmatt erleidet, ein Messerkonzert das einzige Geräusch, und wie der Schatten deines Ohrs über diese Erde rollt, die auf den Felsen zutreibt, und du bist meine Zunge, Liebste, meine Hände, Liebste, und unser ist die durch die Luft taumelnde Sonne, und nichts bewegt sich, meine Liebe, wir sind nicht im Bett, deine Finger, wohin griffen sie, diese Sonne, und in jedem ihrer Strahlen fahren deine Wikingerkorsaren, wild entbrannt, ein Volk grüner Drachen vom Sturmwind geschüttelt, eine Flotte gelber Segler, schwitzende Bugkapitäne, aufgerissene Brauen, spitz vorstoßende Backenknochen, ihre Söhne schaukeln mit wildem Geheul zwischen den Masten, die Wellen haben ihren Schaum in ihre Milchbärte gespuckt, und sie strecken die Zungen heraus und lecken ihn ab, wedeln mit ihren kupferfarbenen Armen durch die Luft auf der Jagd nach nicht vorhandenen Möwen, und die Schiffe verzweigen sich, spalten sich wie deine Nase, wie deine Augen bricht das Holz auseinander, und die Vögel, erregt und unbeholfen, verfangen sich in ihren eigenen Schwingen, suchen mit gekrümmten Schnäbeln liebkosend die eigene Brust, die Köpfe verwirrt, taumeln sie seekrank dahin, deine blauen Augen zerschellen in der Luft, der Wind ist eine behäbige Glocke aus Glas, die sich anschickt, den Raum zu verschlingen, stoßweise netzt dein Blut meine Lippen und spült die Erdkrumen fort, die dein Gesicht beschmutzen, als wärst du ein Kind, das im Hof mit Lehm gespielt hat und jetzt den Tadel der Mutter fürchtet, und deine Mutter kommt und streicht deine Locken zur Seite, fährt mit ihren Fingerkuppen über deine Stirn und wischt dein Gesicht mit dem Taschentuch ab, und dann streckst du deine Zunge heraus, die Zungenspitze nur zwischen deinen kleinen auseinanderstehenden Zähnen und möchtest ein Eis, und deine Mutter lächelt und deine roten Bäckchen erglänzen, und ich denke, der Fels ist viel zu hart für deine Haut, deine Wange hat er zerfetzt, und das Licht des unendlichen Raumes wird deine Augen wie mit Feuerhaken

herausreißen, und deshalb erreicht mich dein Blick nicht mehr, antwortet mir nicht, und deshalb wölbt sich dein Hals mir nicht mehr entgegen, als ich ihn berühre, nichts in dir bewegt sich mehr, jetzt, da du dem Wind gehörst, meine Liebste, jetzt, da der Wind dir zwischen die eingeknickten Beine fährt und den Staub über deinen Bauch auf dein weißes Höschen weht, Liebste, und den Saum deines Kleides peitscht, deines Kleides aus blauem Drillich mit silbernen Schnallen, damit deine Schenkel noch gefährlicher sich mir entgegendrängten, damit ich mich hinunterbeugte, um sie zu beißen, das feine Salz zu lecken, das deinen Poren entquoll, als wir noch im Hotel waren, das heißt, meine Geliebte,
als du noch lebtest.

DRAUSSEN VOR DEM PUTSCH

Aschenputtel in San Franzisko

Als Garth Winslow und Suzie Sun die Gitarre aus dem wackeligen Schrank holten und Winslow in die Hände spuckte und eine Minute später mit dem uralten, auf der ersten Saite angeschlagenen »A« das Instrument stimmte und Suzie damit beschäftigt war, sich ihre trockenen Lippen zu befeuchten, und alles darauf hindeutete, daß die Dinge ihren natürlichen Lauf nehmen würden, daß Winslow bereit war, mit gewappnetem Herzen der Welt das seine zu geben, und nachdem er den Blues gespielt und seine mexikanischen Lieder gesungen hätte, ganz ohne Frage jubilierend in den Leib von Suzie Sun eindringen und bereitwillig aufgenommen werden würde, drehte ich mich zu Abby um, die eine Büchse Blue-Star-Bier aufriß, und sagte in fehlerlosem, astreinem Englisch »gut«. Dieses gut hieß für Abbys Hand, deren schmale Finger jetzt meine Hand drückten und mich ihre zerbrechlichen Knochen spüren ließen, daß ich gewillt war, mit ihr zum Lieferantenaufgang des Gebäudes zu gehen, die Stufen hinaufzusteigen, die friedlichen Nachbarn, die sich in hektischen Träumen von der Mühsal des Tages erholten, mit dem Geknarre der wurmstichigen Bohlen zu nerven, und oben anzukommen in dem, was sie mit verheißungsvoller Stimme *attic* nannte und das sich als eine herrliche, verlauste Dachkammer entpuppte, wie ich sie aus dem dreistöckigen Hochhaus meiner Tante in Santiago kannte. Nur daß du von hier aus die Bucht von San Franzisko sehen konntest, und, wenn die Nacht hereinbrach, die klare Nacht von San Franzisko, und du die Augen zu schmalen Schlitzen verengtest und durch das Dachfensterchen blicktest, das du mit deinen Fingern abwischen mußtest, um eine halbwegs annehmbare Sicht zu haben, sahst du die Autos auf der Brücke, die die Halbinsel mit Oakland und Berkeley verbindet, wo ich am Nachmittag noch eine ausufernde Siesta im Haus von R. L. Stevenson gehalten hatte (völlig heruntergekommen und nur noch von räudigen Straßenkötern bewohnt, die Renee Deans mit mütterlicher Fürsorglichkeit umhegte; das Haus eben jenes alten Piraten R. L. Stevenson, dessen *Schatzinsel* ich eines Kindertages im heimatlichen Antofagasta verschlungen hatte), wie langsam sich bewegende Kometen, leuchtende Eidechsen, gigantische Reptilien, die meine Seele besänftigten. Und hinterher wurde meine Seele aufgewühlt, denn San Franzisko hielt mich in seiner Rätselhaftigkeit gefangen, in seiner Totenstadt, seine bestialische Heldenhaftigkeit wurde vom Mysterium genährt, von den dem Rätsel entrissenen Lichtern, entrissen

von Menschen, die sich still und ohne große Worte liebten, viel zu weise, um das Leben nicht ernst zu nehmen.
Ich riß meine Augen von der Brücke los und drehte mich zu Abby, die mich aufmerksam betrachtete und sich vermutlich fragte, was zum Teufel mir durch den Kopf gehen mochte, weshalb ich bloß mit gerunzelten Brauen blinzelte und zerstreut die Finger in die Nase steckte und an den Härchen darin zupfte, bis ich mir einige ausgerupft und an der Hose abgestrichen hatte. Ich versuchte, in dem Raum ein Sofa oder einen Teppich oder irgendwas Weiches auszumachen, auf das ich Abby hätte betten können, damit sie sich nicht beschmutzte, wenn ich über sie herfiele, um ihr ein Geheimnis ins Ohr zu flüstern mit dem Atem und dem freudigen Ungestüm eines vertrauten Körpers, mich zerrisse in tausend gallertartige, schleimige Tropfen, die sich zärtlich einnisteten im zerschellten Schoß des Planeten. Aber es gab nicht einmal eine Zeitung, die wir auf dem Boden hätten ausbreiten können, um die Dinge wie zivilisierte Wesen zu verrichten. Zugleich hatte ich plötzlich große Lust, das ganze Yankee-Bier auszupinkeln und mich, ich weiß nicht, irgendwie gegen die Wand zu lehnen und es vor Abby zu tun, doch dann erfand ich in einem Englisch, das selbst der Leibhaftige nicht verstanden hätte, ein plötzliches Einsamkeitsbedürfnis, ließ Abby stehen, ging wieder zur Treppe zurück und pinkelte wie ein behäbiger Herr die ganzen Stufen voll. Nur um Zeit zu schinden, fuhr ich dann mit dem

rechten Fuß durch die oberste Pfütze, um sie, ich weiß nicht wozu, wegzuwischen. Ich tastete mich hinunter, fühlte die staubige Rauheit des Geländers unter meinen Händen, und als ich wieder im Zwischengeschoß war, holte ich die Schachtel mit den sechs Bierdosen, die ich für den Fall mitgebracht hatte, daß wir trockene Kehlen bekämen. Als ich in die Dachkammer zurückkam, lehnte Abby mit dem Rücken am Fenster, so daß das Licht, das Ampeln und Leuchtreklamen von draußen hereinwarfen, ihre Umrisse auflöste und nur ihre groben Konturen erkennen ließ. Man wußte nicht recht, ob das dieselbe Abby war, die ich vor wenigen Minuten verlassen hatte, oder vielleicht ein achtjähriges Mädchen, das aus seiner kindlichen Sicht der Welt den Bären in seine Höhle treten sah, der ich mit meinem braunen Mantel mit dem Fellkragen gut hätte sein können. Wie dem auch sein mochte, da sich das Bild von der hilflosen Beute der entwurzelten, nach Zärtlichkeit lechzenden Bestie einmal in mir festgesetzt hatte, hörte ich mit dem nervösen Getrippel auf, und mit ausgebreiteten Armen, als wolle ich sie mit einer erstickenden Umarmung zerquetschen, begann ich mit stampfenden Schritten dumpf dröhnend auf sie zuzugehen, wie ich es manchmal bei den Bären gesehen hatte, die im Film mitspielen. Abby platzte vor Lachen gleich los, biß sich in gespieltem Entsetzen auf die Fingernägel, alles, ohne sich vom Fleck zu rühren. Ich erkannte ihre Gesten jetzt, da ich mich an das Halbdunkel gewöhnt hatte und war ihr insgeheim dankbar, daß sie das Spiel mitspielte, dieses Urwaldstück, das ich aufführte, um sie umarmen zu können, spielerisch zuerst, und um danach mein Bein zwischen ihre Schenkel zu pressen, sie dann zu küssen und ihre Brüste zu streicheln, falls sich irgendwas von alldem machen ließe. Als ich bis auf einen Schritt an sie herangekommen war, blieb ich stehen und hämmerte mir, um die Spannung des Augenblicks noch zu steigern, mit beiden Fäusten auf den Brustkorb und begleitete die Aktion mit dem mutmaßlichen Gegrunze eines hungrigen Bären. Dann tat ich noch einen Schritt, und während sie sich flach an die Wand drückte, streckten sich meine Arme wie Tatzen vor, um sie zu ergreifen. In diesem Moment entwischte sie, und ich schlug mit dem Kopf gegen die Wand, derweil sie schutzsuchend in die gegenüberliegende Zimmerecke rannte und dort das arme Tier auslachte, das wie ein Gekreuzigter an der Mauer lehnte und durch das Fenster wieder die Autos auf der Brücke sah und die riesige Leuchtreklame von *Hertz Rent a Car,* die in der Ferne eingeschaltet worden war. Hier wurde mir klar, daß es für den weiteren Verlauf des Spiels zwei Möglichkeiten gab: Entweder verfolgte ich sie grunzend und stampfend wie ein wildentschlossener Bär weiter durch das ganze Zimmer, bis ich sie eingefangen und zu Boden geworfen hatte, oder ich blieb wie ich war am Fenster und spielte den traurigen, großen, aber herzensguten Bären, der die Welt liebte, aber auf Tod und Teufel nicht wußte, wie er in ihr zurechtkommen sollte; der seit über einem

Monat keine Beute mehr in den Fängen gehalten hatte, die ihm die Dinge erleichtert, ihre himmlischen Tugenden mit ihm geteilt und ihn im zerschellten Schoß des Planeten geborgen hätte, die Bestie mit ihrem Sein verschmolzen und sie für eine Weile der Mutter Einsamkeit entrissen hätte, die uns armseligen Kreaturen des Allmächtigen so übel mitspielte. So tief grub sich das Bild in mir ein, daß ich spürte, wie mir die Nerven mit einem Schlag versagten und wie die aufrichtige Traurigkeit eines sentimentalen Muttersöhnchens den großmäuligen chilenischen Macho vertrieb, mir die harten Worte eines spröden Spanisch, mit denen ich das Universum gelobt und verflucht hatte, in der Kehle aufweichte und mir durch die Nackenmuskeln und vermutlich auch durch die halbgeschlossenen braunen Augen etwas einträufelte, von dem ich verdammt genau wußte, daß es der blanke Trübsinn war, der wie ein lauernder Dickhäuter den richtigen Moment abpaßte, seinen ehrwürdigen Stempel zu heben und beim ersten Nachgeben, beim ersten Anzeichen zaudernden Herzens erbarmungslos zuzutreten. Regungslos stand ich da, die Stirn an die Fensterscheibe gepreßt, während die Traurigkeit langsam und gewaltig von meinem Nacken herunterquoll, durch die Löcher meines Mantels und durch den Filz meiner mit Schmieröl der Pannen unseres 49er Plymouth getränkten Hosen, und zielstrebig die Hand des Mädchens suchte, das dicht hinter meinem Rücken wartete. Wenn irgendein Gottglaube in mir wohnt, dann haben ihn ganz ohne Zweifel die verzagten Götter des Schweigens an sich gerissen, die stillen Gottheiten, die angetreten sind, die Erdsprache zu gestalten, die Tiersprache, die Ursprache, die Sprechsprache ohne Dialog, verletzend, verlockend wie die Grenzen der Vernunft, und jedes Körperpartikelchen sendet Signale des im Sud seiner eigenen Rätselhaftigkeit schmorenden Menschen aus und bezeugt von dort das Rätsel mit einem leichten Zittern der Finger, einem gewissen Glanz in den Augen, mit der Art, wie das Haar fällt oder sich sträubt, einer anständigen Art, seine Genitalien zu spüren, mit einer Art Beben der Armmuskulatur und der Wangenmuskeln und der Muskeln des Hinterns und der Beinknochen, die aus ihrer Unabhängigkeit verdrängt und ganz und gar du selbst geworden sind und dich lehren, daß deine Kniescheibe dir gehört und das Wadenbein und die Knorpel und die klingenden Adern, in denen du das Blut fließen und es gegen die Wände deiner Venen pochen hörst, mit dem Zusammenziehen und Entspannen des Schließmuskels, dem Fluß des von bitterem Biergeschmack gesättigten Speichels, der an deinen Mandeln kratzt, und dem ganzen blauen Wunder deines Leibes und deiner Seele, spielt wie ein lächerliches Juwel deine flüchtige Angst aus, deinen nicht ganz so flüchtigen Unverstand und deine Art, aufrecht durchs Leben zu gehen – verflucht sei diese Großartigkeit, die noch bereut, wo es nichts zu bereuen gibt, und gesegnet seist du, weil der weise Gott mit dem schiefen Zahn und dem bittersüßen Lächeln hinter seiner harten Maske dich in einen Magneten verwandelt, und du ziehst das Eisen an, und alles beschließt sich in dir und endet in dir, Bruder; und in dir wird alles wiedergeboren, und nicht eine Sekunde wird vergehen, bevor du dich erregst und unsterblich wirst und dir sagst, du bist ein Schwächling, wenn du dich fressen läßt, und bist deines Mädchens nicht würdig, und auch des Geheimnisses bist du nicht würdig, du sollst keine feigen Söhne zeugen, die in kriecherischen Banken schuften oder in höheren Töchterschulen unterrichten, und es kostet dich was, der Mann zu sein, der du bist, und eine wahre Menschlichkeit, entstanden aus Niederlagen und den Fußtritten der Dickhäuter, im Kopf geboren und aus dem Bauch, stellt dich mit beiden Beinen in die Welt, und du schaust vertrauensvoll auf deine Zukunft und bist weder kleinlich noch zimperlich und kennst kein schamhaftes Erröten, wenn die Arme einer Frau dich umschlingen und sie dir zuflüstert: mein Junge, mein Kind, was ist mit dir, in einer Sprache, die nicht die deine ist, die du jetzt jedoch mit stolzgeschwellter Brust wie ein Shakespeare-Darsteller auf der Bühne sprichst, da es nichts gibt auf der Welt, was du nicht gesehen hättest, wenn der Augenblick der Ankunft der Engel sich nähert und du antworten kannst: Nichts, nichts ist mit mir, und in Englisch sagen kannst, was du dachtest, ohne etwas auszulassen, mit Händen und Füßen und mahlenden Zähnen und mit deinem Lachen, wenn dir die Worte fehlen, um am Ende das

einzige Wort auszusprechen, das du kennst: Hier bin ich.
»Nichts, nichts ist mit mir. Ich mußte nur an etwas denken«, sagte ich zu Abby.
Ich drehte mich zu ihr um und nahm ihren Kopf in meine Hände, streichelte ihr Haar und küßte sie auf die Stirn und legte meine Hand um ihren Nacken und sah sie mit demselben Blick an, mit dem sie mir diese Nacht ihre Gesellschaft versprach. Ich hielt sie umschlungen und streichelte ihren ganzen Körper, und ihre Hände klammerten sich an meine Schulter, und ich löste mich eine Sekunde von ihr, warf meinen geliebten Mantel zu Boden, bettete Abby darauf, legte mich an ihre Seite und weiter liebkosten wir uns ohne Worte, bis ich meine Hand unter ihre Bluse schob, um sie auszuziehen, denn da hielt sie zu meiner Überraschung inne und hielt meine Hand fest, und ich, bewegungsunfähig, ließ sie auf ihrem Bauch ruhen, ohne zu wissen, wie es weitergehen sollte. Als der Druck ihrer Hand nachließ, begann ich sofort wieder, sie zu streicheln, und diesmal ließ sie es auch zu, doch sobald ich mich an ihren Kleidern zu schaffen machte, preßte sie sich an die Erde und erschwerte mir mein Vorhaben.
»Warum nicht?« fragte ich.
Ich war sehr erregt, aber noch Herr meiner Sinne.
»Morgen fährst du nach Mexiko«, sagte sie. »Wir kennen uns erst seit drei Tagen, und ich kann noch nicht mal deinen Namen richtig aussprechen.«

»Antonio«, sagte ich, stand auf und ging zum Fenster. »Antonio.«
»Antonio«, sagte sie. »Richtig?«
»Richtig«, sagte ich. »Jetzt kannst du's.«
Sie setzte sich auf den Mantel und kreuzte die Beine. Mit der rechten Hand streichelte sie den Pelzkragen und wußte offenbar nicht, was sie tun sollte.
»Aber da ist noch mehr«, sagte sie dann. »Ich weiß nichts von dir. Seit wir uns kennen, haben wir nur zur Gitarre gesungen und Bier getrunken. Du weißt kaum, wer ich bin. Woher kommst du? Was machst du hier in den Vereinigten Staaten? Warum bist du mit mir zusammen? Warum verbringst du die Nacht nicht mit Suzie oder Renee Deans oder irgendeiner anderen? Verstehst du mich?«
Mit der langen Reihe von Woher, Was und Warum, die ihr mit einer Stimme, die ich hätte küssen mögen, aus dem Mund sprudelten, hätte sie mein ganzes Leben entschlüsseln und das schwache Zentrum meiner Macht in der Welt entdecken können; hätte sie während ihres ganzen wundervollen Daseins darüber nachsinnen können, wie sie mich zu Fall bringen, mich zerstückeln und in die finstere Stummheit der Betäubung zurückversetzen könnte. Wenn sie nur gefragt hätte, warum ich die Nacht mit ihr verbringen wolle, und sonst nichts! Aber nein: ihr brannte eine ganze Reihe forschender Warum unter den Nägeln; jeden einzelnen Nerv hätte sie mir abtöten können mit ihrem warum so und nicht anders. Was sollte ich ihr denn sagen? Sollte ich ihr in dieser Nacht meine

ganze Lebensgeschichte erzählen? Und was für eine kopflose Geschichte würde das sein, wenn ich ihr nicht auch bis aufs letzte i-Tüpfelchen die meines Vaters und die meines Großvaters Esteban erzählte, der, als ich achtzehn war, täglich vom zweiten Stock seines Hauses auf der Insel Brac, gegenüber der Hafenstadt Split in Jugoslawien, in die Adria gesprungen war. Und was für eine idiotische und kopflose Geschichte wäre die meines Großvaters, wenn ich ihr nicht auch erzählte, was für ein Mensch mein Urgroßvater Jorge gewesen war, der in einem Bauerndorf gelebt, fremde Sprachen und ein paar Dialekte gesprochen hatte, der des Nachts Goethe auf deutsch gelesen und frühmorgens die Kühe gemolken hatte, der beim abendlichen Schwatz, wenn es galt, die Zunge zu üben und dem süßen jugoslawischen Wein beizukommen, den Nachbarn den *Faust* vortrug, am Brunnen mit den riesigen Mandelbäumen, deren Früchte zu den Geschichten geknabbert wurden, damit man sich für die nächste Legende stärkte, die darauf wartete, zum x-ten Mal haarklein berichtet zu werden, ohne große Gesten, so ganz nebenbei, derweil man Teigkrümel aus dem Brot zu Kügelchen knetete und sie mit dem Finger über den Tisch schnippte, während die Nacht des Samstags verrann und die Morgendämmerung des Sonntags heraufzog, rot und fett wie ein überfütterter Hahn, voller Glocken und Frühstück für die Kinder, die zu den Basketballspielen der Sokols nach Split fahren oder zu den Ausscheidungskämpfen der Nationalmannschaft gegen die Türken oder Rumänen. Und welche halbwegs verständige Antwort könnte ich ihr geben, ohne von meiner Mutter Magdalena zu sprechen, die mich überraschend im November 40 in Antofagasta zur Welt brachte und nicht in Brac und auch nicht in Hiroshima, und vom alten Don Cosme, dem Vater Magdalenas, der sein Leben lang mürrisch hinter der Theke eines wurmstichigen Ladens Ecke Prat und Esmeralda gestanden und unermüdlich Schein für Schein in seine Kassenbücher eingetragen hatte, bis er eines Tages durch eine Pferdewette auf der Rennbahn von Antofagasta sein Gewicht in Gold einsacken konnte, und von Elena, seiner Socken und Pullover strickenden Frau, die auf einem Kohleherd fröhlich in der Pfanne hüpfende lebendige Fischlein briet. Und wie sollte ich beantworten, warum Cosme die Elena geschwängert und Magdalena Antonio, meinen Vater, empfangen und mich zur Welt gebracht hatte? Und welche Antwort schließlich auf die Frage, warum ich der Freund von Manuel Silva, von Samuel Carvajal, von Fernando Vargas und Jaime Escobedo bin, und warum ich eine Zwei in einem so blödsinnigen Fach wie Symbolische Logik hatte, als ich noch Philosophie studierte, und warum es Menschen gibt, die ich verachte, und Menschen, die ich liebe, und warum ich Erzählungen schrieb mit Titeln wie *Dahintrottend und mit der rechten Hand eine Art Parabel beschreibend* oder *Wer ist der Herr der Welt?*, und warum ich Schriftsteller und nicht Wohnungsbauminister im Fürstentum Monaco geworden bin oder ein glänzender Pianist, der seinen Klangzauber in einem Bordell von Vivaceta entfaltet; oder so ein dreckiges Schandmaul, das Geschichten für neurotische Weiber erfindet und für den Lustgewinn bärtiger Damen Kitschnovellen voller Anzüglichkeiten und rankender Vignetten produziert, und weshalb ich mich nicht umgebracht habe, als ich im zehnten Stock eines Hochhauses wirklich Lust dazu hatte und mir statt dessen beim bloßen Hinuntersehen die Hosen vollpinkelte und mir daraufhin sagte, laß doch den Unsinn, und mich entspannt ins Bett legte und am nächsten Morgen einmal pünktlich zur Schule kam und im Unterricht von Carlos Fredes Aliaga sogar das Geheimnis der Geschichte Chiles vollkommen verarbeiten konnte und auf der Toilette dann richtig erwachsen eine stille Liberty paffte; und warum mir das Meer von Antofagasta nicht aus dem Kopf geht und meine schwarze Liebe aus Rio de Janeiro, und warum ich nicht vergessen kann, wie ich und der verrückte Malbrán hingestreckt auf dem Sand des Flamingo-Strands lagen, wie wir den Tauben über dem Atlantischen Ozean zusahen und über Plato diskutierten mit nichts anderem im Sinn als mit den beiden Mädchen, die in ihren Badeanzügen keine zehn Meter von uns entfernt lagen, ins Bett zu steigen, und warum ich mich an das Marihuana in Panama erinnere und an die Nierenentzündung, die mir drei Monate lang zu schaffen machte und mir das wahre Wesen der Welt enthüllte, während sich mir die Haut vom Hintern schälte vor lauter Herumge-

wälze im Bett, und was konnte ich ihr vermitteln, ohne daß mir der geliebte William Saroyan aus allen Poren gequollen wäre und Saint-John Perse höchstselbst, auf dem gerade, in der Innentasche meines Mantels, Abbys ganzes Gewicht lastete mit ihren Zentnern unschuldiger und oberflächlicher Warum, die vielleicht aus Protest gegen die Vergänglichkeit der Dinge und die Sinnlosigkeit der Welt aus ihr heraus– und über den Sohn eines spinnerten Chilenen hereinbrachen, den sie jeden Moment auf ihrem Bauch liegen haben konnte, wenn sie sich nicht vorsah; und nachdem ich in meinem Herzen in einer Minute all diese Dinge gesprochen hatte, sagte ich:
»Weil ich dich liebe, Abby.«
Was die heilige Wahrheit war. Auf der Stelle hätte ich es ihr schwören können bei allen Heiligen und Göttern, an die ich nicht glaube, bis hin zum letzten Engel des Himmels, und ganz im Banne der geheimnisvollsten aller Seelenregungen erschöpft an die Wand sinken und mich dem Schlaf ergeben können wie ein junger Zugochse, der des ziellosen Umhertrottens überdrüssig ist. Doch soweit mußte es nicht kommen. Abby sah mich forschend an, als wäge sie den Wahrheitsgehalt meiner Worte ab. Wie sich unsere Blicke kreuzten, merkte ich, daß ich nicht allzu überzeugend gewesen war. So oft spricht man das Wort Liebe aus, daß man zum Schluß schon nicht mehr weiß, wovon man spricht, und folglich auch nicht mehr, was man verschweigt, und ob das, was man tut, einen Sinn hat; und dann, wenn man er-

kennt, was für ein mondsüchtiger Hund man ist, blind, der Weitsicht beraubt, des ersten Glanzes der ersten Silbe, der Gebärerin von Wesen im Licht, das wie ein billiger Zirkustrick zerplatzt (ich denke an die Hasen und Zylinder der Zauberkünstler und an die bunten Taschentücher, die hervorquellen bei jeder Bewegung des Allmächtigen, der der Scharlatan ist), der uns als Kind mit offenen Mündern herumlaufen ließ, denselben Mündern, die uns die Welt immer mehr verschließt, bis beide Kiefer aufeinandergepreßt sind und ein Zahn auf den andern beißt, ein mißtrauischer Zug um unsere Lippen liegt und ein ironisches Grinsen das offene Lachen und das Gefühl für die Wahrhaftigkeit ersetzt. Wenn es soweit gekommen ist, wenn es ein reines Wesen gibt, das dich kennt, das sich weigert, der absurde Scharlatan zu sein, der man ist, und dich ansieht, dich durchdringt und wie Gott auf dem Sinai dir sagt, ich kenne dich, ich kenne deinen Namen, und dich Antonio ruft und es sich anhört wie Antonio, und du deinen Blick nicht abwendest, sondern standhältst und dich umgarnen läßt vom Zauber des immer schon Gewesenen, und alles, was passiert, ist so alltäglich, daß man nicht einmal einen miesen Kinofilm daraus machen könnte und schon gar keinen Roman mit fünfzigtausend Auflage; wenn es soweit gekommen ist, wird ein Junge sich die Welt erobern mit jedem Lufthauch, den er in San Franzisko und in Santiago, in Puerto Montt und in Rancagua, in Mexiko und in Guadalajara und in New York einatmet, und er wird nicht einmal wissen, was er sich erobert, da er irgendwie die Welt verloren hat, auf irgendeine absurde Weise den Sinn verloren hat, falls es einmal einen Sinn gegeben hat, auf irgendeine grausame Weise zu vermeiden gewußt hat, daß ein anderer, jener andere, der das Wort und das Schwert in seinen Händen hält und den gebenedeiten Speichel, mit dem die Zunge deine ausgedörrten Lippen benetzt, zum Zeugen deiner Phantasien wird und gebannt auf den Atem starrt, den du wie ein feuerspeiender Drache in die Welt hinausstößt, die heiße Luft, die in deinen Eingeweiden entstand, in deiner Geschichte, in deiner Geschichte der Welt, und Großväter Jorges und Väter Antonios gebiert, die sich hoffnungsvoll in Martas oder Magdalenas einnisten und so der Geschichte eine Zukunft geben; wenn es soweit gekommen ist, wird jemand mit hängenden Armen und abgeschnitten vom Bombast sinnentleerter Worte die Reise zu seinen eigenen Wurzeln antreten, die nirgendwo anders zu finden sind als unter den Sohlen deiner verdammten, mit Löchern und Urinspuren und im Lehm verkrusteten Tabaksresten und zertretenen Kippen dekorierten Schuhe, die bereit sind, wie zwei Skalpelle in die Erde einzudringen, auf der du gerade stehst, ob im Nirgendwo oder im winterlichen Santiago oder in einer muffigen Dachkammer in Frisco, niemals jedoch an einem bestimmten Ort, mit Ausnahme des Ortes, den der Zeuge für dich bereithält, wenn du dich heiser brüllst und die Glieder streckst und das Krebsgeschwulst der Übellaunigkeit abschüttelst, das dich so lange gefesselt hielt, und du blitzartig erkennst, daß man das Land der Menschen nicht herbeisehnen kann, da das Land der Menschen dort ist, wo sich der Mensch gerade befindet, und keine Macht der Erde dir das mit einem anderen Wort begreiflich machen kann als mit dem Wort Liebe. Nur sprach ich es diesmal nicht aus, sondern griff mir eine Dose Bier und leerte sie, ohne Luft zu holen, in einem Zug und verschüttete die Hälfte, mit einer stillen Freude in mir, die mein Blut aufwühlte. Dann öffnete ich eine zweite Dose, gab sie Abby, setzte mich ihr gegenüber mit dem Rücken an die Wand und trank ab und zu einen Schluck, damit meine Hand was zu tun hatte.

»Chile«, sagte sie nach einer Weile.

Ich wußte zuerst nicht, was sie damit sagen wollte, ob sie mich ansprach oder nur laut dachte, ob ihr der Klang des Wortes gefiel oder ob sie nur Lust hatte, ihre Zunge zu bewegen.

»So ist es«, sagte ich für alle Fälle.

»Chile«, sagte sie, hob die rechte Hand und klopfte mit der Bierdose auf den Boden.

»Chile«, sagte ich und ließ meinen bierschweren Kopf gegen die Wand sinken. So zurückgelehnt, sah ich, wie sie ihre Lippen auseinanderzog:

»Chchchile«.

»Chile«, sagte ich trocken.

»Chile«, sagte sie mit gerümpfter Nase und zeigte mir ihre Zähne.

So sollte das Spiel also laufen.

»San Franzisko«, stieß ich hervor und ließ die »n«

durch Nase und Kopfhöhle donnern und schlug dabei mit den Armen wie ein zerrupfter, doch friedlicher und freundlicher Pelikan.
»Son Fronzosko«, sagte sie.
»In Sin Frinziski michti ich dich liebin«, sagte ich ganz im Ernst.
Sie reichte mir die Hand, zog mich an ihre Seite und überließ mir ein großzügig bemessenes Stück des imitierten Pelzes, mit dem mein Mantel gefüttert war. Ich legte meinen Arm um ihre Schulter, und wir starrten an die Decke.
»Was machst du?« fragte sie.
»Was meinst du?«
»Was du tust. Was tust du in Chile?«
»Ich will Schriftsteller werden«, sagte ich.
»Bist du es nicht schon?« fragte sie.
»In gewisser Weise, ja«, antwortete ich.
»In welcher Weise?« fragte sie.
»Ich liebe das Leben«, antwortete ich.
»Alles im Leben?«
»Alles.«
»Auch Krankheiten und Schmerzen und Einsamkeit?«
»In gewisser Weise, ja.«
Sie schwieg. Ich wünschte, sie würde weitersprechen und mir Fragen stellen, damit ich ihr zeigen könnte, was ich vom Leben alles gelernt hatte, doch statt dessen nahm sie im nächsten Moment meinen Kopf in ihre Hände und küßte mich. Ich umfing sie mit den Armen, war dann über ihr und küßte ihr Haar und

streichelte ihre Schenkel. Diesmal sträubte sie sich nicht, lächelte vielmehr mit weit geöffneten Augen und streichelte mich so zärtlich und so verwegen, daß ich mich trotz der Erregung meines großen Sympathischen doch wundern mußte. Wir wurden immer erregter, bis es keinen andern Ausweg mehr zu geben schien als umgehend zur Sache zu kommen und das heiße Monstrum abzuwerfen, das schwitzend auf der Haut auf der Lauer lag. Seltsamerweise konnte ich mich diesmal nicht dazu entschließen, das nächste Stadium einzuläuten, da mir dieses äußerst behagte und ich nur daran dachte, wie ich es ausdehnen könnte, bis ich den letzten Augenblick in seiner ganzen Größe explodieren ließ. Zum erstenmal im Leben hatte ich keine Eile, und obwohl Abby bereit war, hielt ich in meinen Bewegungen inne und tastete in der Manteltasche nach den Zigaretten. Ich zündete mir eine an und gleich darauf eine zweite, die ich Abby gab. Sie hatte sich aufgesetzt, ordnete ihr Haar und band es mit einem Gummiband nach hinten. Ich demonstrierte glühende Gelassenheit (der Schaffenszustand großer Dichter, sagte ich mir) und stieß dicke Rauchringe aus, die langsam zur Decke aufstiegen und in der unruhig lauen Atmosphäre zerflossen, die wir im Zimmer erzeugt hatten.

»Was ist los?« fragte Abby.

»Nichts«, sagte ich. »Was soll los sein?«

»Ich dachte, du wolltest es«, sagte sie.

»Natürlich will ich.«

»Aber...?«

»Warte noch«, sagte ich.
Sie riß ihren Mund sooo weit auf. Offenbar verstand sie nichts von dem, was vorging, und auch wenn sie mich ansah, als suche sie eine Erklärung, hätte ich ihr nur wenig sagen können, denn auch ich hatte nicht die geringste Ahnung, was los war. Ich war verlegen und gleichzeitig zufrieden wie eine Laus im Pelz, mit einer überschäumenden Lust, sie zu lieben; doch da saß ich, vornübergebeugt, den Kopf wie im Rhythmus einer Musik hin und her wiegend, und hoffte, sie sprechen oder mich ausschelten zu hören, oder, was mir am meisten Spaß gemacht hätte, daß sie sich auf mich werfen und mich zwingen würde, wie ein Mann zu handeln.
»Und du?« fragte ich. »Was machst du?«
»Ich bin Schauspielerin«, sagte sie.
»Welche Art Schauspielerin?«
»Theaterschauspielerin.«
»Wirklich? Wo trittst du auf?«
»Mit einer neuen Gruppe. Experimentelles Theater. Für Kinder.«
»Und was spielt ihr zur Zeit?«
»*Aschenputtel.* Kennst du das?«
»Nein«, log ich. »Um was geht es?«
Während sie mir die Geschichte von den goldenen Schuhen, dem bezaubernden Prinzen und dem Zauberlied *Bäumchen rüttel dich und schüttel dich* erzählte, legte ich meinen Kopf in ihren Schoß und spürte ihren Atem auf meinem Gesicht und sah ihren Händen zu, die über meinem Gesicht die Szenen

untermalten, in denen die bösen Stiefschwestern mit näselnder Stimme sprachen, und sich sanft auf meine Stirn legten, als sie das Lied der Tauben anstimmte und bei der großen Tanzszene im Palast über meine Wimpern strichen. Als ihre Stimme verstummte, hinterließ sie in der Dachkammer ein gütiges Schweigen, eine angenehme Wärme, die uns umfing, als hätten wir die wurmstichigen Bodenbretter erhitzt, auf denen wir ruhten und uns nur miteinander unterhielten.

»Welche Rolle spielst du in dem Stück?« fragte ich.

»Das Aschenputtel«, antwortete sie.

»Im Ernst?«

Sie nickte.

»Gut«, sagte ich. »Wann ist die nächste Vorstellung?«

»Heute. In Sacramento, zweihundert Meilen von hier. Wir sind ein Wandertheater.«

Ich sprang auf die Beine.

»Teufel noch mal!« rief ich. »Wann fährst du?«

»Um sechs.«

Ich trat ans Fenster. Die Morgendämmerung zog herauf. Ein gräuliches Licht ließ langsam die Konturen der Gebäude und der Golden-Gate-Brücke in der Ferne hervortreten.

»Verzeih mir«, sagte ich. »Das habe ich nicht gewußt. Du mußt schlafen.«

»Ist schon gut«, sagte sie. »Wir haben noch Zeit. Wir fahren mit meinem Auto. Unterwegs lesen wir noch ein paar andere Schauspieler auf und fahren dann weiter nach Sacramento. Komm her.«

Ich kniete an ihrer Seite nieder, und wir küßten uns.
»Wir fahren um acht nach Mexiko«, sagte ich. »Fernando Vargas und Winslow. Renee Deans und Gastelards kommen auch mit. Nach eurer Vorstellung könntest du mit dem Bus zur Grenze fahren. Wir könnten uns eine schöne Zeit in Mexiko machen. Du könntest Spanisch lernen, und wir lassen es uns da richtig gutgehen.«
»Ich kann nicht«, sagte sie. »Am Dienstag haben wir eine Vorstellung in Phoenix, am Donnerstag in Redlans, und Sonntag fahren wir nach Los Angeles. Wir sind für die nächste Zeit ausgebucht.«
»Schade«, sagte ich. »Mit uns hätte es was werden können.«
»Vielleicht komme ich mal nach Chile«, sagte sie. »Du könntest mir deine Adresse geben, dann rufe ich dich an. Hast du Telefon?«
»Ja«, sagte ich.
Als ich mich an die Nummer zu erinnern versuchte, stellte ich befriedigt fest, daß ich sie komplett vergessen hatte. Gleichzeitig sah ich unser Haus vor mir, meine Familie, das Gebäude des Pädagogischen Instituts, in dem ich studiert hatte, aber alles wie eine einzige verschwommene Masse, in der ich keine Einzelheiten erkennen konnte, keine dieser verhaßten Einzelheiten, die sich im täglichen Einerlei von Santiago in mein Gehirn eingebrannt und schließlich meine Schritte auf den Frachter gelenkt hatten, mit dem ich in die Vereinigten Staaten fahren wollte, um

dort die Last der Alltäglichkeit der Heimat abzuschütteln.
»Dann ist ja alles in bester Ordnung«, sagte ich laut, obwohl ich eigentlich zu mir selbst sprach. »Wir könnten ganz von vorn anfangen. Daraus könnte was werden.«
»Was sagst du da?« fragte Abby.
Ich hatte Spanisch gesprochen. Was hatte es für einen Sinn, ihr jetzt die ganze Geschichte zu erzählen?
»Chile«, sagte ich. »Ich habe an Chile gedacht.«
»Chile«, sagte sie. »Klingt lustig, der Name. Wo liegt Chile?«
Ich bat sie, vom Mantel herunterzurutschen, und zog ein Buch aus der Innentasche.
»Was ist das?« fragte sie. »Ein Buch von dir? Hast du schon was veröffentlicht?«
»Nein«, antwortete ich. »Dies ist ein Buch von Saint-John Perse. Es heißt *Anabase.* Ich möchte dir etwas zeigen.«
Ich suchte zwischen den Seiten ein mehrmals gefaltetes Papier, das ich seit der Nacht, in der wir von Tocopilla aus in See gestochen waren, nicht mehr angesehen hatte. Ich breitete es auf dem Boden aus und strich die gefaltete und verknitterte Oberfläche mit der Hand glatt. Ich bedeutete Abby, näher heranzurücken. Wir knieten uns hin, plazierten uns strategisch günstig, daß der schwache Lichtschein direkt auf das Papier fiel.
»Eine Landkarte«, sagte sie. »Das ist eine Landkarte von Amerika.«

»Stimmt«, sagte ich.
Mit dem Zeigefinger deutete ich auf einen Punkt am äußersten oberen Rand des Blattes und fragte: »Erkennst du das?«
»Das gute alte verrückte San Franzisko«, sagte sie lachend.
»Aufgepaßt jetzt«, sagte ich.
Zwischen den Zähnen pfeifend, glitt ich mit der flachen Hand langsam tiefer, bis ich ein paar tausend Kilometer weiter südlich war.
»Was ist das?« fragte ich und sah ihr in die Augen.
»Chile«, sagte sie im Brustton der Überzeugung.
»Nein«, sagte ich. »Das alles ist Südamerika. Jetzt gib gut acht.«
Ich ließ meinen Finger bis an die Pazifikküste gleiten und zeigte ihr dort einen Haufen brauner Flecke, die auf einer Länge von ungefähr fünfundzwanzig Zentimetern nach unten verliefen.
»Das ist die Andenkette. Wenn ich morgens aufstehe und zur Universität gehe, kann ich immer ihre verschneiten Gipfel sehen. Und selbst wenn ich mich manchmal gebeugt und gebeutelt von Ecke zu Ecke schleppe, kann ich doch nicht umhin, einen flüchtigen Blick auf sie zu werfen, und eine Zeitlang haben mir diese Blicke genügt. In Ordnung? Also, jetzt sag mir, wo liegt Chile auf dieser Karte?«
Abby sah mich an und legte ihre Hand auf meinen Rücken. Dann wiegte sie ihren Kopf hin und her und starrte nachdenklich auf das Papier.

»Hier!« rief sie und schlug mit der Faust auf ein großes grünes Gebiet.
»Nein, mein Herr!« sagte ich. »Das ist Argentinien. Ein großes Land. Sieh her.«
»Das Meer«, sagte sie.
Sie machte ein Gesicht wie ein eingeschüchtertes Kind und setzte hinzu:
»Sieh mal, Antonio, wenn dies das Meer ist«, sie legte ihren Finger auf das Blau des Pazifiks, »und das die Andenkette, die du jeden Morgen siehst, wenn du gebeutelt durch Santiago läufst, und dies Argentinien ist, dann liegt Chile in Argentinien und muß das hier sein.«
»Nein«, sagte ich. »Das, worauf du jetzt zeigst, ist Mendoza, eine Stadt in Argentinien.«
»Warst du da schon?« fragte sie.
»Ja«, antwortete ich.
»Und hier?« Sie deutete auf Salta.
»Nein«, sagte ich.
»Warum nicht?«
»Ich weiß nicht. Jetzt paß auf.«
Ich drückte den Nagel meines Mittelfingers auf einen Punkt, unter dem Arica stand, und zog ihn nach unten, wobei ich eine leichte Einkerbung auf dem von vielen ähnlichen Mißhandlungen zerfurchten Papier hinterließ.
»Siehst du das?« fragte ich sie.
»Ja«, antwortete sie.
»Chile.«
»Das?«

»Was hast du erwartet?«
»Ich weiß nicht. Aber das soll ein Land sein? Wie viele Menschen passen da hinein?«
»Zehn Millionen.«
»Zehn Millionen?«
»Bequem. Das Weiße da unten ist auch noch Chile. Es heißt Antarktis und besteht nur aus Schnee. Da leben Robben und Pinguine und ungefähr sechzig Menschen.«
»Warst du mal da?«
»Nein«, antwortete ich. »Wozu?«
»Ich dachte nur, daß du vielleicht mal dort gewesen wärst. Ich hab' den Eindruck, daß du schon viel herumgekommen bist.«
»Glaub das nicht«, sagte ich. »Ich bin immer noch ein Provinzler. Das beste fehlt mir noch. Uns fehlt das beste noch.«
»Uns?«
»Ja«, antwortete ich. »Uns zehn Millionen. Das beste fehlt uns noch.«
»Sind die etwa alle traurig? Sind sie nicht zufrieden?«
»Sie sind nicht zufrieden«, sagte ich.
»Warum nicht?«
»Weil sie nie zufrieden sind.«
»Warum nicht?«
»Weil sie erst am Anfang stehen, darum.«
»Stehst du erst am Anfang?«
»Sicher«, sagte ich. »Sieh her. Siehst du? Das Meer. Was glaubst du, wieviel Meer es hier gibt?«

»Mehr als in ganz Kalifornien.«
»Wieviel mehr?«
»Zehnmal mehr.«

Ich nahm mir ein Bier, trank es zur Hälfte aus und reichte Abby die Dose. Sie winkte ab, ich stellte sie auf die Erde, und wir ließen uns auf den Mantel sinken. Dann zogen wir uns aus, und dann, ja, dann liebten wir uns, sehnsüchtig und froh, ohne uns auch nur eine Sekunde voneinander zu lösen, und betrachteten unsere Augen, Nasen und Ohren und die Haare unter den Achseln und ich ihre Brüste und sie meinen Nabel, meine Beine und die Haare über meinem Geschlecht, und wir berochen unsere Haut über den Wangenknochen und auf dem Rücken und den von Bierdunst durchwehten Atem und den Schweiß unserer Lenden und fuhren uns mit den Fingern durchs Haar und durchwühlten mit zärtlicher Gewalt unsere Köpfe, bevor wir uns liebten, und hinterher etwas sanfter, und stimmten wortlose Gesänge an aufs Geratewohl und auf die Sinnlosigkeit und auf den Tod dessen, was wir getan hatten und dessen Nähe wir immer deutlicher spürten, je heller das Licht des neuen Tages durch die Ritzen drang und die Dinge zum ersten Mal den Reichtum ihrer Formen offenbarten, aufgestapelt in den Ecken, kalte Trümmer nutzlosen Gerümpels, schimmelige Sperrholzbretter, Obstkisten voller Geschirr und unbrauchbaren Werkzeugs, durchgebrannte Glühbirnen, von Spermawolken bedeckte Flaschen, fettiges Packpapier, Holzspäne, ein Gefäß mit abgebrochenem Henkel voller Wachs, fächerförmige Spinnweben, die von der Lampe mit den Kristalltränen herabhingen und sich leicht blähten, als der kalte Windhauch des beginnenden Tages sie traf. Die Dinge schienen zu ruhen, erloschen wie vergessene Menschenwesen, und wir mitten darin, bedeckt vom modrigen Dachkammerstaub, warm, umschlungen, lachten mit Frieden in der Seele über die Welt, in die wir gehörten, und in der leisesten Bewegung noch schienen wir neu geboren zu werden, den ersten Atemzug in dieser Welt zu tun, bemüht, uns aus diesem Schrott herauszustrampeln, der uns umlauerte, ohne Lärm, nur unter dem heiseren Gegrunze des Liebesaktes, das sich hier und dort wie eine Tiersprache unseren Kehlen entrang und gleich darauf vom Tapetenbraun des Zimmers verschluckt wurde. Als das Licht schon mit verletzender Helligkeit den Raum durchflutete und das Grau in ein blasses Gelb übergegangen war, meinte Abby, es sei bereits sechs und wir sollten am besten ins Bad hinuntergehen, uns das Gesicht mit Seife waschen und Wasser über den Nacken laufen lassen und die anderen Schauspieler aufsuchen, die schon beim Frühstück säßen, dieser Morgenspeise, deren Fehlen uns unsere Därme kundtaten, die im Gleichklang losgurgelten, als wir uns behende, doch ohne Hast anzogen. Wir schüttelten unsere Kleider aus und warfen die leeren Bierdosen aus dem Fenster, die mit einem Getöse wie von tausend Teufeln auf das Straßenpflaster polterten. Die Landkarte verwahrte ich in dem Buch von Saint-John Perse auf einer Seite, die mit einem Gedicht begann, in dem es sinngemäß hieß: »eine Zeit des höchsten Glücks, wenn die großen Abenteurer der Seele ihren Weg auf den Straßen der Menschen suchen und in allen vier Himmelsrichtungen die Erde nach ihrer Zeit befragen, um den Sinn dieses gewaltigen Chaos zu erfahren ...«, und ich weiß nicht, welch großartige Dinge mehr, die mich veranlaßten, das Buch an meine Wange zu drücken und es dann schnell in der Innentasche verschwinden zu lassen, so daß ich meinen Arm um Abby legen und mit ihr still die Treppen hinuntersteigen konnte.

Das Apartment betraten wir unter einigem Gepolter, damit Winslow und Suzie, falls sie beschäftigt waren, zumindest Zeit fänden, die Bettlaken hochzuziehen oder sich durch die Haare zu fahren. Wir klopften an Suzies Schlafzimmertür und fanden sie allein im Bett, schlafend, eine Hand unter dem Kopfkissen und friedlich atmend. Auf dem Nachttisch lag eine Nachricht von Winslow an mich, in der er mir mitteilte, er wolle seiner Mutter Bescheid geben, daß er nach Mexiko fahre, und mich daran erinnerte, daß wir um acht aufbrechen wollten und er noch ein paar Dollar auftreiben wolle für einen gebrauchten Ersatzreifen und daß es mit Suzie was Ernstes sei und er Gott bitte, sie zu segnen und Abby ebenfalls, und daß er nicht zulasse, daß sie weiterschlafe, während er den Wagen zur Werkstatt brachte. Ich las noch den Zettel, als Abby mit ein paar Äpfeln aus der Küche kam, die wir ohne Hemmungen vertilgten, nicht ohne sie vorher an der Bettdecke blankgerieben zu haben, bis sie glänzten wie zwei herrlich leuchtende Reichsäpfel. Nach den ersten Bissen ging Abby zum Spiegel und versuchte etwas unbeholfen, sich die Ponyfransen zu kämmen.

»Das ist die Aschenputtelfrisur«, erklärte sie. »Wir fahren kostümiert los, da wir zu spät in Sacramento eintreffen werden, um uns im Theater noch umziehen zu können.«

Ich sah ihr kauend zu, bis sie fertig war und mich mit einem Koffer in der Hand, aus dem eine rote Atlasschleife hervorsah, aufforderte, ihr zu folgen, und dann stiegen wir weiter die Treppen hinunter und in ihren Wagen ein, einem sorgsam gepflegten 54er Chevrolet. Sie setzte sich ans Steuer und fuhr den Wagen durch die Straßen von San Franzisko, unter gewissenhafter Beachtung der einsamen Ampeln, als habe sie absolut keine Eile, als wolle sie ihre Reise plötzlich hinauszögern oder eine andere Strecke fahren, zum Aussichtspunkt auf dem Hügel vielleicht und dort anhalten, damit wir uns küßten und mit heraussprudelnden Worten alles sagten, was noch nicht gesagt war und was doch, wenn ich den Gefühlen trauen konnte, die jetzt in mir aufstiegen, ungesagt bleiben würde, erstickt in den karierten Decken auf den Vordersitzen des Chevrolets, der unbarmherzig die Laguna Street hinauffuhr, Richtung Broadway Avenue. An einer Straßenecke hielt sie plötzlich und drückte zweimal auf die Hupe. An einem Fenster zeigte sich ein lachendes Gesicht, und fünf Sekunden später erschien jemand auf der Straße, angetan mit einem schwarzen Trikot, einer goldschimmernden Kappe und einem granatroten Samtwams mit goldenem Spitzenbesatz an Hals und Ärmeln. Der Junge breitete die Arme aus, als grüße er die Welt, atmete in tiefen Zügen die morgendliche Luft ein und hielt sie an, so daß sich sein Brustkorb blähte, dann verbeugte er sich in höfischer Manier vor Abby zum Gruße, schritt mit einer Reisetasche in der Hand strahlend zum Wagen, sagte mit irischem Akzent »Guten Morgen« und gab mir die Hand, machte es sich, eine isabellinische Ballade trällernd, auf dem Rücksitz bequem und gab Abby eine Adresse an. Wir holten dann noch zwei ganz in Schwarz gekleidete Mädchen ab, die lange Zeit nichts anderes taten als Dialoge herunterzuleiern und dabei versuchten, sich Pappnasen aufzusetzen, die so krumm waren wie getretene Schlangen. Abby bat mich, näher an sie heranzurücken, und sagte mir eine ganz alltägliche Abschiedsfloskel ins Ohr, so daß ich etwas beleidigt von ihr abrückte, doch dann legte ich sofort einen Arm um ihre Schultern, als ich merkte, daß sie zitterte und krampfhaft zu lächeln versuchte. Ich sagte ihr, sie solle ganz ruhig bleiben und sich keine Gedanken machen, daß das Leben verschlungener sei als eine Ohrmuschel und was für ein Aschenputtel sie denn sei, wenn sie sich jedesmal so anstellen würde, wenn ein Hornochse wie ich sie im Stich lasse. Aber ich war auch diesmal nicht sehr überzeugend, da ich sie am liebsten an mich gedrückt und wie ein Schuljunge losgeheult hätte. Statt dessen versuchte ich mich zu beherrschen, und obwohl ich keine einzige beschissene Träne verlor, lief mir doch genug Wasser aus der Nase, was aber völlig schnuppe war, weil ich sie mir mit einer barschen Bewegung mit dem Ärmel abwischte, daß jeder mich für heillos verschnupft halten mußte.

An der Berkeley-Brücke teilte sich die Straße, und ich mußte aussteigen, um rechtzeitig zum Treffpunkt zu kommen. Ich verabschiedete mich mit einer Handbewegung vom Prinzen und von den Stiefschwestern und ging mit Aschenputtel ein paar Schritte über die Brücke, und wir starrten auf das Wasser zu unseren Füßen und zündeten uns nervös lachend eine Camel an, und später küßten und kosten wir uns im Schutz eines Brückenpfeilers, bis wir rot angelaufen waren und der verdammte Prinz plötzlich auf die Hupe drückte. Ich ging mit Abby zum Wagen zurück, sie stieg ein, legte den ersten Gang ein, das Auto setzte sich langsam in Bewegung, und ich vernahm das typische Geräusch, mit dem der zweite Gang eingelegt wird. Ich sah, wie sie in den dritten schaltete, und blickte ihr noch lange nach. Dann lief ich eilig über die Brücke, um rechtzeitig in Berkeley zu sein und mit meinen Kameraden nach Mexiko aufzubrechen. Schon bald merkte ich, daß ich noch einen langen Fußmarsch vor mir hatte, und machte den vorbeifahrenden Autos Zeichen mit dem Daumen, damit sie mich wenigstens ein paar Kilometer näher ans Ziel brachten, doch nicht einer von den Schweinehunden hielt an, außer schließlich einem Bus, der hinter einem Jeep herfuhr, den ich versucht hatte anzuhalten. Kreischend kam der Bus neben mir zum Stehen und schnaufte wie ein Pferd, als seine Drucklufttüren auseinandergingen. Ich sprang mit einem Satz hinein, und ein schwarzer Chauffeur hielt mir ein Billett entgegen.

»Ich hab' kein Geld«, sagte ich.

Ich zeigte ihm das Futter meiner Hosentaschen. Der Neger brach in ein Gelächter aus, als wäre er der Herr der Welt persönlich und sagte mir, ich solle nach hinten gehen und es mir bequem machen, solle mich wie zu Hause fühlen, und ich dankte ihm, und der Neger hörte gar nicht mehr auf zu lachen und schwatzte unverständlich auf mich ein und spähte ab und zu im Rückspiegel zu mir hinüber und wurde immer lustiger hahaha, je öfter er zu mir hinsah, bis ich auch lachen mußte, und ein vor mir sitzender Arbeiter auch, der dann, von Lachanfällen unterbrochen, etwas zu dem Fahrer sagte, woraufhin dieser vor Lachen schier platzen wollte, und bei soviel Gelächter und da ich mich noch leichter verführen lasse als Hans im Glück, hielt es mich auch nicht mehr, und ich bekam einen regelrechten Lachkrampf, in dem sich meine ganze Zufriedenheit mit der Welt ausdrückte und die absolute Glückseligkeit, die sich im Pipi ausdrückt, das dir die Beine hinunterläuft und das du mit zusammengepreßten Schenkeln zurückzuhalten suchst, was du aber nicht schaffst, weil sich deine Seele im Leib herumwälzt und du nichts anderes tun kannst als die Dinge beim Namen zu nennen und wie ein anständiger Bürger mit breiten Beinen loszupinkeln.

Im Treibsand

»Ich bin mein Leben lang in der
Sandwüste herumgezogen.«
Samuel Beckett: Warten auf Godot

Ich rieb meinen Daumen über die Oberfläche des Silberdollars. Einen Moment lang trug ich mich mit dem Gedanken, dem Mexikaner zu sagen: »Das bringt Unglück. Die Alte in Biloxi hat gesagt, es bringt Unglück.« Ich drehte den Wasserhahn auf und trank, wobei mir das Wasser in den Kragen lief.
»Das bringt Unglück«, sagte ich.
Der Mexikaner trat gegen die Pappschachtel. Hinter ihm hing ein verblichenes Bild der Jungfrau von Guadalupe. Ich sah wieder auf den Tisch und las die Zeitungsanzeige noch einmal durch. Der Mexikaner löste sich von der Wand, und ich sah, daß sein rotes Hemd völlig durchgeschwitzt war. Als ich mir einen Wassertropfen vom Kinn wischen wollte, war er mit der Luftfeuchtigkeit eins geworden. Ich hörte, wie er sich räusperte, und umklammerte instinktiv den Dollar, bis mir die Fingernägel schmerzten.
»Laß uns vernünftig sein, Bruder«, sagte der Mexikaner. »Sprechen wir noch mal in Ruhe alles durch.«
Mit einer Hand in der Öffnung, hob er behutsam die

Schachtel auf, stellte sie auf den Tisch, ohne den Blick von mir abzuwenden, und setzte sich seufzend auf einen Stuhl.
»Punkt eins«, sagte er und versuchte, vernünftig zu wirken, obwohl er seine Worte regelrecht zerkaute. »Du meinst also, es bringt Unglück.«
Ich hatte mittlerweile meine Meinung geändert. Sein nächstes Argument konnte ich fast erraten, und ich sagte es ihm:
»Ich weiß schon, was du sagen willst. Du wirst sagen: Und wie nennst du das hier?«
Mexicancity kratzte sich an der Schläfe.
»Du bist auf dem richtigen Weg. Und was ist deine Antwort?«
»Ich weiß auch nicht, wie ich es nennen soll. Wir stecken jedenfalls in der Scheiße.«
»Könnten wir noch tiefer drinstecken?«
»Kaum.«
»Also dann?«
Ich deutete auf die Anzeige.
»Es gibt da noch ein Problem«, sagte ich.
Der Mexikaner zog wachsam die Augenbrauen hoch.
Ich hätte gern noch mehr Wasser getrunken.
»Hier steht ›Bezahlung je nach Gruppe‹. Was heißt das?«
»Ganz einfach. Es gibt Gruppe a, be, ce, de oder eins, zwei, drei, vier. Außerdem noch er ha negativ. Dafür wird am meisten bezahlt, weil sie selten ist.«
»Was heißt das?«
»Wenn du er ha hast, zahlen sie dir das Doppelte.

Von wegen Angebot und Nachfrage, verstehst du? Aber dir werden sie fünfzehn zahlen.«
Ich streichelte meinen Arm.
»Wieviel haben sie dir gezahlt?«
»Zehn. Aber ich bin Mexikaner.«
»Und warum sollte man mir mehr bezahlen? Ich bin auch Latino.«
»Aber du hast eine helle Haut. Mit meiner bin ich angeschissen. Wenn ich mich noch ein bißchen in die Sonne lege, kann ich Urlaub in Harlem machen.«
Ich kratzte mich am Ohr.
»Sie werden's am Akzent merken.«
Der Mexikaner stand auf.
»Hast recht«, sagte er. »Wir müssen üben. Steh auf.«
Ich ließ mich widerstandslos zur Tür schieben.
»Du klopfst jetzt an, gehst auf mich zu und sagst langsam: *Ai laik tu sel sam blad.*«
Ich öffnete die Tür einen Spalt, ging einen Schritt ins Zimmer hinein und sagte:
»Ai laik tu sel sam blad.«
»Perfekt. Das ist alles.«
»Warte«, sagte ich. »Was ist, wenn man mich was fragt? Stell dir vor, die fragen mich, welche Blutgruppe ich habe.«
»Da stellst du dich einfach doof, Bruder. Du grinst nur und sagst: *Ai dount nou.* Also, noch mal das Ganze.«
Ich öffnete die Tür und trat ins Zimmer.
»Ai laik tu sel sam blad.«
»Wats juar grup?«
»Ai dount nou.«

Der Mexikaner zog sich seine Krawatte zurecht.
»Zieh dir die Jacke an. Ich warte am Eingang auf dich.«
Ich steckte den Dollar in die Hosentasche, und bevor ich das Jackett anzog, legte ich es auf die Matratze und bügelte es mit den Handflächen glatt. Mit etwas Spucke rieb ich auf dem alten Chiantifleck herum; er stammte aus der Zeit, in der es meinem Jackett und mir noch besser gegangen war. Als ich den Krawattenknoten zuzog, hatte ich das Gefühl, in der feuchten Hitze gleich zu ersticken. Sobald ich Geld hätte, würde ich anstatt Zigaretten eine Tüte Milch kaufen. Man kann in die Kneipen gehen, und jeder Besoffene hat noch eine Zigarette für einen. Aber jemanden zu finden, der einem ein Glas Milch gibt, ist bisweilen verdammt schwierig. Man kommt sich komisch vor, wenn man um ein Glas Milch bittet. Zigaretten sind was ganz anderes.
Wir traten auf die Zehnte Straße hinaus, und auf der ganzen Länge des Häuserblocks waren nicht mehr als fünfzehn Herumtreiber zu sehen, die mit Bierdosen in der Hand in den Hauseingängen hockten. Wir gingen bis zum Stuyvesant Oval, um dort einen direkten Bus zu erwischen.
»Vor allem«, fiel mir plötzlich ein, »müssen wir unsere Zukunft genau planen.«
Wir trotteten an den Hauswänden entlang, bemüht, den schmalen Schatten zu nutzen, der bis zur Mitte des Gehwegs reichte.
»Wir haben noch ein paar Schulden«, begann ich.

Der Mexikaner nickte.
»Wieviel?«
»Restaurants ausgenommen?«
»Ich denk' schon.«
»Acht schulden wir im Supermarkt.«
»Zahlen wir vier. Ist günstiger, den Kredit offenzuhalten.«
Ich räusperte mich düster. Sogar das Räuspern blieb mir in der Kehle stecken.
»Bleiben uns elf.«
Der Mexikaner schluckte ebenfalls.
»Elf«, wiederholte er wie betäubt. Und dann, nicht sehr viel gefaßter: »Immerhin etwas, oder?«
Ich mußte ihm recht geben.
»Verplanen wir's also.«
»Reis«, sagte Frontierboy. »Einen Beutel Reis, das ist billig und nahrhaft.«
Ich hatte meine Zweifel, da alle Chinesen, die ich kannte, klein, dürr und gelbsüchtig waren. Reis stopfte jedenfalls. Was unbedingt vermieden werden mußte, war dies Gefühl im Magen, als würde dir die Luft mit einem Seil herausgepreßt.
»Und Bohnen«, sagte ich. »Ein Pfund kostet nicht viel. Außerdem, wenn wir Reis mit Bohnen mischen, haben wir beinahe so etwas wie ein Hauptgericht, verstehst du?«
Der Mexikaner wischte sich mit dem Handrücken über die Lippen. »Wir müssen uns ausgewogen ernähren«, erklärte er. »Auch wenn es uns in der Seele wehtut, wir müssen Würstchen kaufen.«

Ich schluckte Spucke.
»Zehn zu je einem *daim*, macht einen Dollar. Einen Dollar für Bohnen und einen Dollar für Reis: drei. Vier für den Supermarkt. Bleiben uns acht. Acht Dollar.«
Er sah die Niedergeschlagenheit in meinen Mundwinkeln und schneuzte sich. Mit Schneuzen machte er sich immer Mut.
»Nicht schlecht«, sagte er, »wenn du bedenkst, daß wir davon vierzehn Tage leben können.«
»Zwanzig«, rief ich. »Zwanzig, wenn wir jeden Tag nur ein halbes Würstchen essen.«
An der Pizzeria Martini marschierten wir mit steinernen Gesichtern vorbei. Als er sich anschickte, einen Bus anzuhalten, faßte ich ihn beim Ärmel.
»Es gibt da noch ein Problem«, sagte ich.
»Was denn? Das ist der Bus zum Sankt Lukas.«
»Das Problem ist der Silberdollar.«
»Was ist mit dem?«
Er klopfte mir auf die Tasche und überzeugte sich, daß er noch da war.
»Ich dachte nur ...«, sagte ich, »vielleicht nimmt ihn der Busfahrer nicht an. Vielleicht denkt er, wir wollten ihn auf den Arm nehmen. Oder was weiß ich.«
»Hast recht«, murmelte Frontier. »Wir können den Dollar sparen und zu Fuß gehen. Sind ja nur fünfzig Blocks.«
Wir blickten über die zementierten Flächen des Stuyvesant Oval, das wir jetzt überqueren mußten, und es gab wirklich nirgends auch nur einen Fin-

gerbreit Schatten. Mit einem einzigen Gedanken im Kopf liefen wir los. Bier.

Beim zwanzigsten Häuserblock bekam der Mexikaner seine philosophische Ader.

»Wie konnten wir nur so tief sinken«, sagte er.

Mich überraschte die Frage; nicht so sehr, weil sie unsere Lage verfälscht wiedergegeben hätte, sie definierte sie vielmehr glasklar, sondern weil wir nie so hoch oben gewesen waren, als daß wir »so tief« hätten sinken können. Einen Moment lang hegte ich den wundervollen Verdacht, der Mexikaner könne vielleicht auf eine glanzvolle Vergangenheit zurückblicken. Auch ich hatte, sagen wir mal, meine große Zeit gehabt; das war allerdings in Santiago gewesen und schon zwei Jahre her.

»Was willst du damit sagen?« fragte ich und spielte sogar den Beleidigten.

Frontierboy schneuzte sich diesmal nicht. Ein Zeichen, daß ihn die große Verbitterung übermannt hatte, eine Art Tangotraurigkeit. Die Willenskraft ließ ihn im Stich. Und was machte dann schon ein Popel mehr oder weniger in der Nase.

»Sag bloß, dir ist es schon mal viel besser gegangen?« drängte ich ihn.

»Viel besser«, nickte er betrübt. »Von September bis Juni hab' ich ein Stipendium gehabt. Hundertzwanzig. Hundertzwanzig Dollar im Monat haben sie mir gezahlt. *Nau finischt. Ouwer,* mein Lieber.«

Plötzlich überfiel mich namenloses Entsetzen.

»Und die Miete?« fragte ich. »Wir haben jetzt Au-

gust; seit wann hast du die Miete nicht mehr bezahlt?«
»*Nou problem«*, sagte Mexicocityboy. »Der Vermieter *finischt. Ouwer,* der Vermieter.«
An diesem Punkt blieben unsere Gespräche meistens stecken. Ich fragte, er antwortete, und damit war das Thema abgehakt. Wir hatten aber noch dreißig Blocks vor uns, und mich überkam ein ungewohntes Interesse an unserem Vermieter. Bevor ich sprach, machte ich eine Art Klumpen mit der Spucke, die ich beim Nachdenken angesammelt hatte.
»Was willst du damit sagen?« fragte ich.» *Nou mor* auf der Erde? *Gud bai?*«
»*Nou mor,* mein Lieber. Ausgewandert.«
»Wie ist er denn gestorben?«
»Hör auf, mich zu nerven, du Arsch. Man stirbt eben, das ist alles. Willst du jetzt sentimental werden, oder was? Man stirbt, und damit hat sich's.«
›Wie ein Tourist‹, dachte ich. ›Man ist aus einem andern Land und kommt kurz vorbei. Danach geht man wieder nach Hause.‹
»Hat man ihn aufgeschlitzt? Ihm 'n Messer reingesteckt, oder so?«
Der Mexikaner stopfte sich sein Taschentuch unter den Hemdkragen. Als er es wieder hervorzog, war es naß. Er wrang es ohne hinzusehen aus und ließ es durch die Luft flatschen, mit einer Handbewegung, wie man ein Knallbonbon auseinanderreißt.
»Er ist an Altersschwäche gestorben«, sagte er. »Kannst du dir das vorstellen?«

Ich schüttelte den Kopf.
»Wie das?«
»Mann, das ist wie die Tausend-Dollar-Frage. Hab' ich auf der Oberschule gelernt. Das einzige Tier, das auf drei Beinen geht, ist der Mensch. Dem Alten ist der Gehstock zerbrochen, und er hat sich den Kopf an der Bordsteinkante eingeschlagen. *Ouwer.*«
»Und unser Zimmer?« fragte ich zum Schluß.
Mexicancityboy wischte sich die Hände an den Hosenbeinen ab.
»Wenn die städtischen Kammerjäger es nicht ausräuchern und dichtmachen, kannst du dich darin im Sommer achtundachtzig zum Sterben hinlegen, ohne bis dahin einen Cent Miete zu zahlen. Das einzige, was die Polizei von dem Alten weiß, ist, daß er Rispieri heißt. Hier kennt doch keiner den anderen. Wenn du abkratzt, hast du keine Sorgen mehr. Absolut keine Sorgen, darauf kannst du dich verlassen.«
Ein Jammer, daß mein Kumpel nicht wußte, wie sehr mir seine Art zu reden an die Nieren ging. Er bekam gar nicht mit, wie es in meinem Kopf arbeitete. Ich sah mich schon im Sankt Lukas, mit einer dikken Nadel im Arm, die mir das Blut aussaugte, sah eine blonde Krankenschwester, die Schürze schön stramm über ihren kleinen Brüsten, die zum Arzt sagte: »Er steht es nicht durch, Herr Doktor. Er macht's nicht mehr lange.« Und der Arzt: »Na gut, dann wollen wir kein frisches Material verlieren. Zapfen Sie ihm alles ab und bringen ihn dann hinunter in die Leichenhalle. Und benachrichtigen Sie sei-

ne Verwandten.« Und die Krankenschwester: »Er scheint nicht von hier zu sein. Draußen auf dem Gang wartet so ein Schwarzer auf ihn.«

»Ich hab' Hunger«, sagte ich.

»Junge, da geht's dir genau wie mir.«

Er massierte sich den Bauch und setzte hinzu:

»Und damit du weißt, was für ein Idiot ich bin: verliebt bin ich auch noch.«

›Ach Scheiße‹, dachte ich.

»Na ja, direkt schön ist sie nicht. Sie ist etwas mollig, weißt du?«

»Also dick«, sagte ich.

»Tja, etwas dick ... Mollig! Hat einen guten Charakter.«

»Alle Dicken haben einen guten Charakter.«

»Aber sie ist nicht dick, *boy.* Die hat nur was auf den Rippen. Und hier auch.«

Er legte die Hände auf die Brust.

»Und sonst?« fragte ich.

Er nahm die Hände herunter und rieb sich den Bauch. Sein Hunger war wohl doch stärker als die Liebe.

»It newer häppen«, sagte er. »Ich hab' ihr gesagt, daß ich sie anruf'; überleg mal.«

»Überleg mal« hieß: ein *daim* für den Anruf, *tri backs* fürs Kino, *cappel of dollars* fürs Sandwich. Er seufzte so heftig zwischen den Sätzen, daß er mir damit den Schweiß auf der Stirn trocknete. Vielleicht noch fünfzehn Blocks. Entweder würde ich jetzt heuchlerisch oder sentimental.

»Ich hab' Hunger«, stellte ich noch mal fest (sentimental). »Ich weiß nicht, aber das mit dem Blut abzapfen ...« (heuchlerisch).
»Zum Leben braucht man Geld«, sagte Frontierboy, war aber mit den Gedanken offenbar woanders. In Gedanken war er bei dem molligen Mädchen, mit dem es ganz gut lief, aber *newer häppen.* »Ganz schön verliebt hab' ich mich.«
Ich lasse mich leicht anstecken. Auch ich hatte meine kleine Liebe; aber eher spirituell, mehr künstlerisch. Ich war verliebt in ... in Ella Fitzgerald. Ich bin Jazzer. Aber nur in meinen eigenen vier Wänden. Der Mexikaner hatte mich so angesteckt, daß ich auch steinerweichend seufzte. Heute abend hatte sie einen Auftritt in Basin Street East, und man brauchte einen Smoking oder so was, um eingelassen zu werden.
Vor lauter Mutlosigkeit begann ich zu pfeifen.
»Ist ganz hübsch, die Kleine. Kubanerin.«
Ich unterbrach meine Melodie nur für fünf Sekunden.
»Am besten bringst du sie mit aufs Zimmer, und wir spielen Vereinte Nationen, verdammt noch mal.«
»Kubanerin durch und durch. Von hier...«
Irgendwie ritt mich der Teufel.
»Wahrscheinlich Exilkubanerin und so.«
Der Mexikaner schlug sich klatschend auf den Hintern, als wäre ihm etwas Wichtiges eingefallen.
»Fidel-Fan, mein Lieber. Revolutionärin. Sie ist schon vor Batista hierhergekommen.«

Eine Sekunde lang glaubte ich, mein Mund habe die Speichelproduktion eingestellt. Ich erinnerte mich an den Vortrag eines chilenischen Forschers über Kamele. Er hatte die Wüste durchquert, und die Kamele hatten so etwas wie ein Wasserreservoir. Einen angewachsenen Wassertank sozusagen.

»Wir sollten von hier verschwinden«, sagte ich.

Frontierboy schneuzte sich die Nase; ein Zeichen, daß er dem *sabdschekt* nicht ganz gleichgültig gegenüberstand.

»Was sollten wir anderswo denn machen?«

Wir bogen um die Ecke, und vor uns lag das Krankenhaus.

»Dasselbe wie hier vermutlich.«

»Nämlich?«

»Einatmen, ausfurzen, essen, schlafen und dann gute Nacht.

Wir –«

»– die wir uns so sehr lieben –«, trällerte Mexicali Rose.

»– sind so oder so am Arsch. *Ouwer.*«

Der Anblick des Hospitals war für Tierra-y-Libertad wie das Bild Washingtons auf knisternden Scheinen. Sein Grinsen entwischte ihm immer wieder.

»Was wir tun müssen ...«

›Was wir tun müssen‹, dachte ich entsetzt.

»Was wir tun müssen, ist abhauen«, entschied der Kumpel.

Ich wechselte die Farbe, wie es in den Groschenromanen so schön heißt. Noch keine zwei Wochen war es her, daß ich im Konsulat in heimischen Zeitungen geblättert und den Leuten ein Almosen aus dem Ärmel geleiert hatte.

»Und weißt du, was *du* tun mußt? Du mußt dafür sorgen, daß irgend etwas geschieht«, sagte Vivamexico.

Ich, mit meinem Magen wie ein Opferstock nach Weihnachten, beinharter Nationalist, sentimental obendrein, würde jetzt dafür sorgen, daß etwas geschah.

Im Sankt Lukas saß ein Neger am Empfang. Das erleichterte uns. Es gibt so was wie eine Underdogsolidarität in New York. Was nicht heißt, daß du nicht von heute auf morgen zum Beispiel vor Hunger krepieren kannst. Mexicanboy übernahm das Blabla.

»*Hi want tu sel sam blad*«, sagte er.

»What color?« fragte der Neger.

Völlig eingeschüchtert kam der Mexikaner zu mir zurück.

»Was ist los?« fragte ich.

»Welche Farbe?« sagte er. »Er fragt, welche Farbe?«

Ich überlegte eine Sekunde.

»Ganz ruhig!« befahl ich dann. »Der Schwarzmann da vorn will uns auf den Arm nehmen. Wo bleibt dein Sinn für Humor, Bruder?«

Er grinste und ging wieder zu dem Schwarzen.

»Ret«, sagte er. *»Hi want tu sel sam ret blad. Digmi?«*

»O yes«, sagte der Neger. »Regular blood.«

»Jes. Regular. Gud jang ret blad. Äbsolutily regular.«
Der Neger notierte alles geflissentlich in einem riesigen Buch: meinen Namen, mein Alter (zweiundzwanzig sagte ich vorsichtshalber) und daß ich bisher keine Krankheiten gehabt hatte. Das mit der Lungenentzündung verschwieg ich. Mein Blut war bestimmt von dem ganzen Bier schon genug verseucht, da brauchte ich mich nicht mehr mit solchen Kleinigkeiten aufzuhalten.
Der Neger wies eine braunhäutige Krankenschwester an, sich um mich zu kümmern. Sie sah mir ziemlich südlich aus, und so sprach ich sie vertraulich auf Spanisch an.
»Wird viel Blut abgezapft?«
Erstaunt, mich Spanisch reden zu hören, drehte sie sich um. Manchmal kann ich nämlich wie ein einfältiger Gringo aussehen.
»Was meinst du mit viel? Was soll die Frage?«
Ich sah sie an der Spritze herumfingern. Sie schob zwei Glaskolben ineinander und presste sie zusammen, bis die Luft in kleinen Bläschen entwich. Und dann sagte das Mädchen etwas so wahnsinnig Philosophisches, daß ich es der Nachwelt überliefern möchte.
»So ist das Leben«, sagte sie, »nichts als Bläschen. Und dann kommt der Wind und bläst sie davon.«
Ich räusperte mich, daß es eine Pracht war. Ich dachte an einen Bolero am Strand von Acapulco und sah mich mit einem Gin mit Kokosmilch an die Brü-

stung einer Terrasse gelehnt. Zu Hause hatte ich ein Buch von einem berühmten argentinischen Schriftsteller. Borges hieß er. Ohne Zögern reagierte ich mit einem abrakadabrischen Spruch.

»So überheblich ist der Mensch, und am Ende doch nur Tummelplatz für Fliegen.«

Das dunkle Mädchen betupfte die Nadel mit einem feuchten Wattebausch.

»Was meinst du?«

Ich hob meine linke Hand in Augenhöhe und rieb die Finger aneinander.

»Bläschen«, sagte ich. »Und plötzlich, plaff!«

Sie vergewisserte sich, daß die Beine der Liege auch stabil genug waren.

»Leg dich da drauf.«

Ich gehorchte und tastete die Oberfläche mit derselben Vorsicht ab, mit der man sich langsam im Dunkeln vorwärtstastet. ›Was mache ich hier eigentlich?‹ fragte ich mich. Um diese Zeit käme ich sonst aus dem Konservatorium und ginge jetzt nach Hause und überall wäre Winter in Santiago, und Mama hätte Spritzkuchen in Öl gebacken, geregnet hätte es vielleicht, und mein kleiner Bruder würde mit seinen Freunden auf der Straße herumtoben, und ich könnte ins warme Bett kriechen, und den Plattenspieler anstellen und Brubecks »Rondo à la turk« hören und hinterher irgendein Mädchen anrufen.

»Was bist du?« fragte mich das Mädchen. »Argentinier?«

Sie hatte mir geholfen, den Ärmel hochzukrempeln.

»Ich bin Chilene. Aber schreib lieber auf, daß ich aus Dallas, Texas, komme.«
Das freute sie offenbar.
»Ich höre gern Platten von Lucho Gatica. Kennst du den?«
Lucho Gatica saß jetzt wohl gemütlich in seinem Haus in Mexiko und spielte mit seinen Kindern und Mapita Cortés. Oder war guter Dinge in den Odeon-Studios bei Aufnahmen mit dem Orchester von José Sabre Marroquin. Ich hatte ihn noch nie im Leben gesehen.
»Lucho Gatica«, brummelte ich. Und dann mit festerer Stimme:
»Wir sind eng befreundet. Ein Herz und eine Seele, ich und Lucho.«
Sie rieb mir den Arm mit Alkohol ab und zwickte mich dann, auf der Suche nach der Vene.
»Hast du einen Freund?« fragte ich sie.
Das Mädchen bejahte mit den Augen, ohne einen Muskel zu bewegen.
»Ich nicht«, informierte ich sie. »Ich hab' keine Freundin. Nicht mal zum Vorzeigen. *Nassing.*«
Ich war enttäuscht, daß meine Freundschaft zu Gatica sie völlig kaltgelassen hatte. Irgendwie hatte ich das Gefühl, sie würde mit der Nadel behutsamer umgehen, wenn ... Und gerade, als sie sie mir hineinstechen wollte, erinnerte ich mich daran, wie ich einmal krank gewesen war und man mir andauernd Blut abgenommen hatte, um es im Labor zu untersuchen. Es hatte nicht weh getan; ich wußte genau, daß

es nicht weh getan hatte. Was mich dazu brachte, die Finger der freien Hand in den Mund zu stecken und auf den Fingernägeln herumzubeißen, war etwas anderes: Ich fühlte mich wie eine Nutte; bitte, das Wort zu entschuldigen.

Während ich mit der Hand zum Mund fuhr, wischte ich mir gleichzeitig verstohlen über die Augen. Danach knetete ich mir heftigst die Nase. Das half aber auch nicht: die Prozession ging nach innen ab.

»Entspann dich, Kleiner.«

Mit einem tiefen Seufzer entließ ich die Verkrampfung aus meinem Körper. Das Mädchen hatte das, was Mütter gern als Feenhände bezeichnen. Mit einem einzigen Zug füllte sie die Spritze und danach mußte ich einen Wattebausch auf den Einstich pressen. Sie ging zum Tisch und schrieb etwas auf einen Zettel.

»Gib das dem Neger, der bezahlt dich dann.«

Sie ersparte mir die Mühe, den Sakko vom Haken zu nehmen, und hängte ihn mir über die Schulter.

»Danke«, sagte ich errötend.

Der Mexikaner hatte sich im Hintergrund gehalten und die ganze Operation beobachtet. Sie zahlten mir fünfzehn. Einen Zehner und *faif backs.* Auf dem Korridor gesellte er sich zu mir, und wir traten auf die Straße. Das Geld hielt ich immer noch in der Hand, und die Jacke rutschte mir langsam herunter. Mexicanboy, besorgt wie eine Mutter, hängte sie mir wieder über die Schulter. Ich zeigte ihm die Scheine.

»Bruderherz«, sagte er, »du warst tapfer wie ein richtiger Held. Jetzt gehen wir in einen *dragstor* und essen erst mal ein Sandwich.«

Ich warf den Wattebausch auf die Straße und streckte den Arm aus.

»Ich hab' keinen Hunger«, sagte ich.

Er wischte sich mit dem Ärmel die Nase ab. Das Geld hatte ihn wieder zu einem zivilisierten Wesen und allem gemacht. Er steckte es ein und trällerte irgendeine Melodie.

»Was ist los?« fragte er nach einer Weile.

Auf dem linken Gehweg gab es jetzt Schatten. Aber die drückende Schwüle war noch dieselbe wie vorhin.

»Nichts. Holen wir uns ein Sandwich.«

Wir wählten einen Italiener, bei dem es zu den Nudeln reichlich Käse und Hackfleischsoße gab. Für fünf Cents extra erwarb man sich das Recht auf einen durchsichtigen, faden Chianti. Wir setzten uns an den Tresen, um das Trinkgeld zu sparen.

»Bruder«, sagte Frontierboy.

»Was?«

Nachdenklich wickelte er seine Spaghetti um die Gabel. Erst schluckte er Spucke hinunter, dann stopfte er sich die Backen voll und kaute, bedächtig nickend wie ein Beichtvater.

»Weißt du, was mit uns los ist?«

Ich sah ihn argwöhnisch an.

»Wir stecken in einer moralischen Krise.«

Mit einem kurzen Seitenblick vergewisserte er sich der Wirkung seiner Worte, während er geriebenen

Käse auf sein Brot häufelte. Parmesan gibt's bei den Italienern gratis. Mit genügend Käse erspart man sich ein ganzes Sandwich. Ein Armeleutetrick. Ich machte es ihm nach.
»Aha!« sagte ich.
»In einer tiefen moralischen Krise«, bekräftigte er feierlich und fuhr sich mit der Zunge übers Zahnfleisch.
»Hm.«
»Einer schlimmen Krise... Schlimm«, wiederholte er und drehte das Wort mit den Spaghetti zusammen im Mund herum. Ich betrachtete mich im Spiegel hinter der Theke und kämmte mir mit den Fingern die Haare.
»Ja«, sagte ich.
»Wir sind schließlich jung, verstehst du? Was wir brauchen, ist... Wie soll ich dir das erklären, Kleiner...? Ein bißchen Abwechslung!«
Eines Tages würde, wie im Märchen, ein Vogel auf meiner Mähne landen und dort sein Nest bauen.
»Richtig«, sagte ich.
Mexicancity leckte sich die Mundwinkel.
»Zum Beispiel mit Mädchen ausgehen.«
»Jes, o jes.«
»Einen trinken gehen.«
»Genau.«
»Und so....«
Ich trank meinen Chianti aus und verlangte die Rechnung.
»Gehen wir nach Hause«, schlug ich vor.

Der Mexikaner runzelte die Stirn und sah sich sein Schicksal im Spiegel an. Die Falte auf seiner dunklen Stirn gab ihm das bekümmerte Aussehen eines jungen Hundes.
»Maria«, sagte er andächtig. »Maria arbeitet bei Macy's.«
Ich sah ihn ungerührt an.
»Sie hat eine Freundin. July.«
»Gringa.«
»Sympathisch. Dunkler Typ, so wie du sie magst.«
Ich bekam die Rechnung. Ohne einen Blick darauf zu werfen, legte ich *wan dollar twenti* auf den Tisch.
»Spricht sie Spanisch?«
»Kommt's auf so eine Kleinigkeit an, Bruder?«
»Spricht sie Spanisch?« wiederholte ich hartnäckig.
Nachdenklich kraulte er sich die Vegetation seiner Koteletten.
»Ich kann dich nicht anlügen, Bruder«, gestand er.
Ich stützte den Ellbogen auf die Theke und verzog vor meinem Spiegelbild die Lippen.
Da passierte etwas, was gerade jetzt nicht hätte passieren dürfen. Ein Junge hatte eine Münze in die Wurlitzerorgel gesteckt, und »Downtown« von Petula Clark erklang. Zwei Lieder gab es in jener Woche, bei denen mich nichts auf meinem Sessel hielt. Das andere war »King of the road« von Roger Williams.
»Hast recht«, sagte ich. »Wir brauchen etwas Abwechslung.«
Die Mädchen hatten um sechs Feierabend. Ich selbst hielt an der Ecke ein Taxi an, als ob es das Normalste

von der Welt wäre. Mit einem unheimlichen Gespür pfiff der Mexikaner während des ganzen Wegs die Melodie vor sich hin. Absolut feuergefährlich, der Typ.

Am Kaufhaus zogen wir eine Packung Chesterfield aus dem Automaten, rauchten wie die Broadwaystars mit zusammengekniffenen Augen und spuckten dann und wann einen Tabakskrümel von der Zungenspitze. Bevor wir mit der Rolltreppe hinauffuhren, traten wir die Kippen aus, und oben richtete Frontierboy seine Schritte mit traumwandlerischer Sicherheit zur Spielzeugabteilung. Da weder Weihnachten noch sonst was vor der Tür stand, war weit und breit nichts als ein reiches altes argentinisches Ehepaar zu sehen, das für die Kleinen zu Hause eine elektrische Eisenbahn kaufte. Als Maria uns sah, bekam sie leuchtend rote Backen. Keine Frage: für Frontierboy war alles angerichtet. Sie bedeutete uns, wir sollten zur Abteilung für Kinderschallplatten gehen und so tun als suchten wir *Aschenputtel* von Mary Poppins oder so. Ich sah zu der anderen Verkäuferin hinüber, und als unsere Blicke sich trafen, lächelte sie mich an. Weiß der Teufel warum. Weil Allah groß ist, vermutlich. Aber sie war blond wie ein *Budweiser* und hatte gar keine so schlechte Figur und große Zähne. Ich will damit sagen, wenn man sie nicht kannte und ihr auf der Straße begegnet wäre, hätte man sie wahrscheinlich für eine Verkäuferin in einem Spielwarengeschäft gehalten.

»Kennst du die?« Ich stieß den Mexikaner an, der schon bei der zweiten Chesterfield war.

»July«, sagte er und schluckte.
Mein Atem ging heftiger.
»Und sie spricht kein Spanisch, sagst du?«
Er zwinkerte mit tränenden Augen, während er zu Boden starrte und den Rauch ausstieß.
»Kein Wort, Mann.«
Ich schluckte einen halben Liter Spucke und kratzte mich verzweifelt am Hinterkopf. Diesmal gab es keinen Ausweg. Ich hatte mich in July verliebt, und außerdem war ich ein scheinheiliger Tropf. Ich drückte eine Hand auf mein Herz und knetete es durch, die Luft wurde knapp, ich hatte Probleme zwischen den Beinen, und zum Schluß zog ich mir jeden einzelnen Finger lang, bis die Knochen knackten.
»Luck!« rief ich Mexican zu und tat, als interessierten mich *Hase und Igel.*
Maria und July stellten sich direkt vor unsere Nasenspitzen hin. Sie rochen wunderschön nach Fichtennadelseife oder so. Sie hatten sich gerade frisch gemacht und eine dicke Schicht Make-up aufgelegt. Mir blieb nichts anderes übrig, als den Siedepunkt so lange wie möglich hinauszuschieben und kopfnikkend zu grinsen, wobei man immer aussieht wie ein Trottel. Doch dann hatte ich plötzlich eine Idee; erwischte sie sozusagen im Flug. Genau in dem Augenblick, als ich hätte lächeln und mein Maul aufmachen und so leise, daß keine Menschenseele mich hätte hören können, *plies tu miet ju* hätte murmeln müssen, ging mir ein Licht auf. Ich schob den Unterkiefer

leicht nach vorn und sah ihr, ohne einen Muckser von mir zu geben, direkt bis auf den Grund ihrer Augen und auf den Grund aller Dinge, die einen Grund haben, und sagte ihr auf chilenisch alle möglichen Dinge, aber nur mit den Augen. Dinge wie »mein Täubchen«, »süßes Liebchen«, »siehst du nicht, wie ich dich liebe, mein Herz«. Und irgendwas muß dabei passiert sein, denn zum ersten Mal in der Geschichte der Welt schlug eine Gringa die Augen zu Boden, als sie sagte: *»Hau du ju du.«*

Sie war so blond, so sauber, so warm. Dieser Typ von Mädchen, die aussehen, als wären sie gerade erst aufgestanden, und man bekommt Lust, in das warme Bett zu kriechen, in dem sie eben noch gelegen hat, und seufzend seine Nase in ihr Kopfkissen zu drükken.

Mexikanische Nacht verfuhr mit Maria nicht viel anders. Nur daß sie ich weiß nicht was sprachen, aber mit mehreren schweigenden Pausen in Klammern. Die Blonde wußte nicht mehr, was sie tun sollte, so daß sie mich plötzlich *in inglisch anspiekte:*

»What's your name?« fragte sie.

»Fernando«, antwortete ich, ohne mit der Wimper zu zucken und mit einer Baßstimme und einem Timbre darin, das heißen sollte: «oh, wie ich dich brauche.«

»Fernando«, wiederholte sie, sah mir in die Augen und studierte dann aufmerksam ihre Schuhspitzen.

Ai sed »jes«.

Daraufhin sagte sie: »My name is July« und betrachtete eine Stelle oberhalb meiner Augen, schon mehr die Stirn.

»*Ai laikit*«, gestand ich ihr zu. Und um nicht ganz unmenschlich zu erscheinen, zog ich eine Grimasse, die zur Not auch als Lächeln durchgehen konnte.

Maria drehte sich zu mir um und zupfte mir den Hemdkragen zurecht. Peinlich, peinlich; war er doch arg speckig, wie Frontier es nannte.

»Wo könnten wir hingehen?« fragte er.

Es war wunderbar, die Finger einer richtigen kleinen Dame am Hals zu spüren. Mexican gab mir mit den Augen zu verstehen, ich solle ja keine Dummheiten machen.

»Wenn du nichts dagegen hast, könnten wir in einen Dancing gehen«, schlug er dann vor.

Ich sah July an und versuchte, den glücklichen Vorstoß von vorhin zu wiederholen.

»Nein«, sagte ich.

»Wots rong?«

»Dancing ist schön und gut, aber du vergißt –«

»Wie, du vergißt! Was soll ich vergessen haben?«

Ich legte einen Finger in meine Armbeuge und hoffte, daß der Groschen bei ihm fallen würde. Mit der anderen Hand kratzte ich mich am Oberschenkel und machte ihm dabei das Zeichen von *money*.

»Im Dancing haben sie doch immer die Eisluft eingeschaltet, und trinken kann man da auch nichts«, beendete ich meinen Satz. »Wir könnten ...«

Mir kamen fast die Tränen, als es mir einfiel. Dies Ding namens Geistesblitz sagte mir ›Jetzt oder nie‹.

»Wir könnten...?« fragte der Mexikaner auffordernd.

Ich nahm eine Chesterfield aus der Packung und versuchte, meine Hand ruhig zu halten.

»Wir könnten«, sagte ich gedehnt, »in die Basin Street East gehen und uns Ella Fitzgerald anhören.«

Die Mädchen steckten die Köpfe zusammen, und Mexican kratzte sich an einem seiner Vorderzähne.

Maria warf ihr Haar über die Schulter zurück.

»Wir müßten uns aber umziehen«, sagte sie. »Das ist ein vornehmes Lokal.«

»Ach was, wir gehen so, wie wir sind. Ist zwar vornehm da, aber dunkel. July soll auf Englisch die Getränke bestellen, dann geht schon alles klar.«

Der Mexikaner legte Maria einen Arm um die Taille und ging schon vor. Allerdings ging er zunehmend langsamer, und die Beine wollten nicht mehr so recht.

»Bruder«, sagte er, »dein Wille geschehe.«

»Und der des Vaters im Himmel.«

Als wir aus dem Kaufhaus kamen, legte ich July einen Arm um die Schulter, und sie machte eine Bewegung, als wollte sie den Kopf an meine Brust legen, und New York war eine aufregende Angelegenheit, und alles lief phantastisch, und ich trällerte »Downtown«, und meine Beine wurden locker und elastisch, der

Tanz konnte beginnen, und als July etwas zu mir sagte, verstand ich es sogar. Das heißt, mein Körper verstand es. Ich radebrechte auch *sam inglisch* und fuchtelte mit den Armen, als wären sie Windmühlenflügel. Es wurde ein langer, lärmender Spaziergang zu viert, und kein Fußgänger kam an uns vorbei, ohne ordentlich angerempelt zu werden.

In einer irischen Kneipe tranken wir Scotch, um die Zeit bis acht herumzukriegen, und die Mädchen hatten bei einen Straßenhändler einen Beutel Erdnüsse gekauft, deren Schalen wir wie die Schweine überall hinterließen, wo wir gingen und standen. Zum Schluß war klar, daß July Tänzerin werden würde und ich mit der Zeit in einem drittklassigen Jazzclub Trompete spielen könnte. Sie hatte einen Onkel, der der Wettleidenschaft verfallen war und mit einer Wette beim Trabrennen in Yonkers einmal ein Vermögen gemacht hatte, während meine unglückliche Liebe dem Glücksspiel galt. Nach dem zweiten Glas warfen wir ein paar Münzen in die Wurlitzerorgel und kuschelten uns in ein dunkles Eckchen. Ich raspelte ein bißchen Süßholz, und Maria übersetzte, und manchmal übersetzte der Mexikaner und reicherte das Ganze noch mit Sachen an, die auf seinem eigenen Mist gewachsen waren, und irgendwann konnte er sich nicht mehr bremsen und machte einen wahren Poeten aus mir.

Um acht hatten wir die letzte Erdnuß in einem Taxi aufgeknabbert und stiegen weltmännisch die Stufen zur Basin Street East hinab. Wir kamen gerade rechtzeitig zur Cocktailstunde, und an den Tischen saßen fast ausnahmslos vollbusige ältere Damen mit beeindruckenden Dekolletés. Der Kellner taxierte uns mit seinem Blick und plazierte uns an einen zweit- oder drittklassigen Tisch hinter einer Balustrade.

Neben uns saßen zwei schweigsame Neger, die von Zeit zu Zeit an einem Whisky nippten und die einzigen im ganzen Lokal waren, die keine Zigaretten zwischen den Fingern hielten. Wahrscheinlich Sänger, denn Sänger rauchen nicht und nehmen ihre Drinks immer ohne Eis. Auf der Bühne spielte ein Trio unter der Leitung eines angegrauten Pianisten Stücke von Cole Porter im Stil von Liberace, nur nicht so verschwult. July hatte einen massigen Schriftsteller mit einem entzündeten Auge und kraushaarigem Schädel erkannt. Sie sagte, sie habe ihn auf der Titelseite einer Zeitschrift gesehen, er heiße Norman Mailer und sei ein Schowi. Sie sagte, er habe einmal eine Nutte umgebracht. Ich sagte dem Mexikaner, er solle July sagen, ich hätte einmal ein Buch von einem Nordamerikaner gelesen, der Salinger hieß, und sie fragen, ob sie den auch schon mal auf einem Titelblatt gesehen habe, und der Mexikaner sagte, July habe nein gesagt, aber in einer anderen Zeitschrift habe sie mal das Foto eines Choreographen namens Jeffrey gesehen, und daß sie bei ihm gerne Unterricht nehmen würde, bis zum Schluß ein Zwerg auf die Bühne kam und dieser Liberace mit seinen Musikern hinter einer Tür verschwand und die Silbermähne des Zwergs mit einem rosa Scheinwerferlicht gekrönt wurde und er sagte, er sei *veri praud*, Miss Ella Fitzgerald präsentieren zu dürfen, derweil ein Trio weißer Musiker jetzt *Walk right down* heruntertrimmte, und dann trat plötzlich eine wahnsinnig aufgedonnerte Miss Fitzgerald auf die Bühne und ich prostete mir mit halbleerem Glas selbst zu. July, Maria und Mexicali Rose applaudierten nicht ganz so gesittet wie der Rest der Gesellschaft, und in der nächsten halben Stunde füllte sich der Schuppen mit Trillern, Seufzern und Summen, mit Achterbahnen, Schaukeln, Liebesakten, elektrischen Entladungen, wie Schmetterlinge aufflatterndem und an Flaschen zerschellendem Gelächter, und die ausladenden Brüste der Miss Fitzgerald verbrauchten unmerklich die ganze Luft im Lokal, bis man absolut nicht mehr wußte, wie man noch Sauerstoff in seine Lungen pumpen sollte und wieso und mit welchem Recht man auf demselben Planeten lebte wie diese Frau, man war im Vergleich zu ihr wie ein hölzerner Stuhl, wie eine stehengebliebene Uhr, man war ein trauriges Etwas mit brennenden Wangen, und nur weil es Ella gab, gab es Frontierboy, gab es Maria und July und meine Eltern in Santiago und den kraushaarigen Schriftsteller, und das Buch von Salinger, das ich gelesen hatte, und den Choreographen und Macy's und alles Blut und alle Hospitäler der Welt, und weil es sie gab, starben die Leute und gab es Millionäre und konnte man sich in Ruhe besinnungslos besaufen, und die Negerin sang *Love for sale* ...

Und plötzlich schrumpfte alles zu schlichter Alltäglichkeit. Ella verschwand, der Zwerg kletterte auf die Bühne, *taim tu dänz* sagte er, Liberace mit dem grauen Haar und den weichen Patschhändchen kam zurück, und der schwarze Bassist und der Schlagzeuger, der Cha-cha-cha mit dem Besen machte, und die vollbusigen Damen rauchten noch mehr, und die Herren schnippten mit den Fingern und verlangten die Rechnung, und dann entvölkerte sich das Lokal und die ersten Gäste zum Abendessen kamen herein. Ich zog die zwölf Dollar aus der Tasche, gab sie dem Kellner und legte diesmal nicht den Arm um Julys Schultern. Diesmal schlang ich meinen Arm um ihre Hüfte, zog sie an mich, ließ meine Wange auf ihr Haar sinken, und so traten wir auf die Straße hinaus.

Wir gingen so ungefähr acht Häuserblocks weit, als passierte, was früher oder später passieren mußte. Irgendwann mußte es passieren, daß der Mexikaner stehenblieb, auf uns wartete und sagte: »Also dann ...«

Ich zog die letzte Chesterfield aus der Packung und zerknüllte die leere Schachtel mit der linken Hand. Das war die Stadt, und das war das Ende. Es gab noch herrliche Theaterstücke auf dem Broadway, elegante Bars, wo man die Nacht durchmachen konnte, Busse voller Menschen, die Freunde besuchten, Jazz im *Village Vanguard*, teure Hotels, in denen man sich lieben konnte, zornige und witzige Schriftsteller, lateinamerikanische Maler mit Stipendium, Marihuana zu einem Dollar die Zigarette, Museen, einen Zoo am Broadway, Ben Gazzara im Fernsehen, puertoricanische Tanzschuppen, nächtliche Rennen in Yonkers, Autos, und es gab Menschen.

»Also dann, also dann«, sagte der Mexikaner.

Ich grinste und vergrub meine Hände in den Hosentaschen.

Frontierboy zog sich den Schlips gerade.

»Ich bringe Maria nach Hause«, verkündete er.

Ich klopfte meine Hosentasche nach den restlichen Münzen ab. Über beide Daumen gepeilt, blieben mir etwa siebzig Cents. *Subway* für zwei: dreißig. *Subway* für einen zurück: fünfzehn. Haben: 25 Cents.

»O.k.«, sagte ich.

July hielt meine Taille umschlungen.

»Hiel teik ker of ju«, sagte Maria zu ihr.

Sie gingen die U-Bahn-Stufen hinunter und ließen uns einfach wie zwei Briefkästen auf der Straße stehen, wie zwei Litfaßsäulen. Wie zwei Scheißhydranten ließen sie uns da stehen.

»Well ...« sagte ich.

Ich holte die Münzen aus der Tasche und zählte sie im Licht der Straßenlaterne. Ganze achtzig Cents. Den Überschuß konnte ich in Kaffee anlegen. Zwei Kaffee im Stehen an einem Erfrischungsstand.

»Wont koffi?« fragte ich sie.

Das Mädchen sah mich an und zuckte leicht mit den Schultern.

Ich überlegte, ob ich ihr irgendwas anderes anbieten

könnte. In Santiago de Chile wäre es einfacher gewesen. Ich hätte gesagt: »Gehen wir zu mir«, und sie hätte geantwortet: »Nein, bring mich nach Hause.« Aber hier mußte man seine Niederlagen in Englisch einstecken. Ich hatte nicht einmal einen Spickzettel für die elementarsten Formeln.
»Mai houm?« sagte ich und deutete lächerlicherweise Richtung Hudson.
Sie betrachtete angelegentlich ihre Schuhspitzen.
»Mai houm?« drängte ich mit flatternden Ellbogen und trockenem Mund. Meine Lippen zitterten. Es war so windstill, daß nicht einmal ein Bonbonpapierchen aufgewirbelt wurde.
Ich brauchte dringend jemanden, der mich aus diesem Film herausholte, in den ich da hineingeraten war. Oder der mir zumindest die richtige Aufmachung verhökerte, mir einen himmlischen Souffleur bestellte, der mir Shakespeareverse ins Ohr säuselte. Ich schluckte wieder Spucke.
»Vamos«, sagte das Mädchen. Einfach so, auf Spanisch sagte sie es.
Die Fahrt in der U-Bahn vergeudete ich damit, daß ich die Sätze auf den Reklameschildern auswendig lernte. Zum Glück fand ich noch ein paar Erdnüsse in der Jackentasche, die ich ihr anbieten konnte. Wir knabberten sie mit spitzen Zähnen, damit jede eine Station weit vorhielt. Bei der zweiten Nuß fing ich damit an, die rote Innenschale abzupellen und sie endlos lange von den Fingern zu schnippen. Und als die letzte Nuß gegessen war, biß ich auf den harten

Schalen herum. Wir saßen auf den Holzbänken in der Wagenmitte, und kein Mensch nahm von uns Notiz. Ich summte wieder »Downtown« vor mich hin, und das Mädchen holte ein Kopftuch aus seiner Handtasche und bat mich mit einer Handbewegung, ihr beim Umbinden behilflich zu sein. Sie lächelte mich dabei an, wie in einem schmalzigen Liebesfilm mit Gregory Peck und Audrey Hepburn. Nicht, daß die Szene total daneben gewesen wäre oder so; ich hätte nur irgendsowas Geschwollenes wie *Ai lav ju mäddly* sagen sollen, aber die Scheiße war, daß ich mich absolut nicht in Stimmung befand. Ich argwöhnte schon seit einer Weile, daß dies kein Musical in Technicolor war, eins von der Sorte, wo am Schluß eine schwangere Doris Day in einem sauberen Vorortbungalow sitzt, mit einem Tausenddollarjob und blonden, blauäugigen Kindern, sondern eher einer von diesen modernen italienischen Filmen, in denen alles ziemlich beschissen endet und die Kerle an einem regengrauen Tag mit einer Kippe im Mundwinkel und halberfroren auf einer Straße mit Kopfsteinpflaster auf und davon gehen.
Eines hatte unser Zimmer den anderen im Haus voraus. Der Geruch der Farben und Verdünner, die der Mexikaner für seine Arbeiten benutzte, überlagerte den Gestank nach Urin und Spülwasser. Er hatte damit angefangen, Schachteln und Kartons bunt anzumalen, die eines Tages ein Agent vom Museum of Modern Art oder irgendeine philanthropische Millionärin aufkaufen würden. Ich huschte wie eine Fle-

dermaus im dunklen Zimmer herum und warf meinen Mapucheponcho über die gräulichen Bettlaken, bevor ich die Glühbirne andrehte. Im Kino hätte der jugendliche Liebhaber dezent eine chinesische Lampe mit indirektem Licht eingeschaltet und einen Eiskübel und eine Flasche vom Allerheiligsten hervorgezaubert. Ich pfiff »Downtown«, um meine Nerven zu beruhigen. Dann knipste ich ohne Vorwarnung das Licht an; was blieb mir übrig?

Das Mädchen blinzelte in die nackte Birne und sah rosig und sauber aus. Ich lächelte sie an, wie um sie für meine hilflos in den Taschen vergrabenen Hände um Verzeihung zu bitten. Dann wurde ich auf den Mexikaner eifersüchtig, da sie sich seine Schachteln ansah und *biutiful* sagte. Das einzige, was ich vorzuweisen hatte, war die Blechtrompete an der Wand über dem Bett, aber jeder Wachsoldat hätte sie besser spielen können als ich. Außerdem kam gerade Herb Alpert mit seiner Band in Mode, und jedes Kind hätte mein Gegrunze von richtiger Musik unterscheiden können. Einen Moment lang befürchtete ich, sie sei nur mitgekommen, weil sie vielleicht stockbesoffen war.

Ich setzte mich aufs Bett und lehnte den Kopf an die Wand. Sie band sich das Tuch vom Kopf und setzte sich an meine Seite. Ich legte ihr einen Arm um die Schulter und starrte die Wände an. Meine Beine zitterten, und meine Lippen waren spröde. Ich schwitzte wie ein Huhn in der Pfanne.

Dann bewegte ich mich zu ihr hinüber, berührte mit

dem Mund ihre Wange, ihre Lippen und fühlte mit der Zunge den Geschmack ihrer schwitzenden Haut. Ich merkte, wie sie mir eine Hand um die Hüfte legte, wie ihre feuchte Zunge zwischen ihren Lippen hervorkam und mein linkes Ohrläppchen leckte und dann die Schläfe, und dann fuhr sie mir mit der Zunge kreuz und quer übers ganze Gesicht und liebkoste danach die Härchen auf meiner Brust, während meine Hand zwischen ihren heißen Schenkeln feucht wurde.

»Wait«, flüsterte sie. Sie zog Hose und Büstenhalter aus, kniete sich auf den Poncho und näherte ihre kleinen Brüste meinen Lippen. Als ich mich vorbeugte, um sie zu küssen und meine Nase in die warme Senke dazwischen einzutauchen, küßte sie mir Haare und Stirn.

Ich kam langsam in Stimmung. Es war phantastisch. Wir leckten uns gegenseitig von oben bis unten ab. Ich hatte die Augen halb geschlossen und suchte ihren Bauch, um ihn mit meinen Küssen zu bedecken. Ich umschlang ihre Hüften, und wir sanken Kopf an Kopf in die Kissen und sahen uns an. Sie lächelte so zärtlich und doch so heiß.

»Jetzt bist du bei mir«, sagte ich und zeigte mit dem Kinn auf meine Brust. Ich nahm ihre Brüste und presste mein Knie zwischen ihre Beine. »Verstehst du mich?«

»Ja«, antwortete sie.

»Wenn du willst, kannst du die ganze Nacht bei mir bleiben.«

»Ja.«
Langsam drückte ich mein Glied zwischen ihre Schenkel und drang in sie ein. Alles war perfekt: der Geruch nach Verdünner, die Schachteln von Frontierboy, der kratzende Poncho.
Wir liebten uns. Anfangs mit fast unmerklichen Bewegungen, als tauschten wir Weihnachtsgeschenke, Erinnerungen, sie leise stöhnend, ich stumm.
Später zog ich an der Lampenschnur, und wir liebkosten einander, bis wir einschliefen. Vorher lernte ich noch einiges über ihren Rücken und ihre Schenkel und den sanften Taumel ihrer Powölbung. Sie hatte ausgiebig meine Beine betastet. Und mein Kinn.
Als ich erwachte, schien die Sonne bereits durch das Zeitungspapier, mit dem wir das einzige Fenster abgedeckt hatten. Im Zimmer herrschte die übliche Unordnung. Die Trompete neben dem Kopfkissen, die Schachteln des Mexikaners im ganzen Zimmer verstreut, Julys Hand schlaff auf meiner Hüfte. Ich stand schweigend auf und zog mir lächelnd die Hose an. Ich zog den Silberdollar aus der Tasche und spielte Kopf oder Zahl. Ohne dem Ergebnis größere Bedeutung beizumessen, betrachtete ich die Münze in meiner Handfläche. Ich kämmte mich vor dem Fenster und befeuchtete mit der Zunge meine rissigen Lippen. Dann knöpfte ich das Hemd zu und ging hinunter.
Ich kaufte eine Tüte Milch, ein französisches Weißbrot, von dem ich gleich die Spitze abbiß, und zwei Beutel Tee. Das Wechselgeld investierte ich in ein

Plastikbecherchen mit Pfirsichmarmelade. Heute würde es noch heißer werden als gestern: selbst die Vögel hockten schon benommen in den Zweigen.
July wachte auf, als ich über die Türschwelle stolperte. Sie sah mich an, während ich sie ansah, und zog sich den Poncho bis ans Kinn. Ich ging in die kleine Küche, machte die Milch warm und starrte in die Gasflamme. Ich wusch unsere beiden einzigen Tassen aus und bestrich schweigend die Brotscheiben mit Marmelade. Obwohl ich nicht hinsah, spürte ich, wie July ein Kleidungsstück nach dem andern anzog.
Wir setzten uns aufs Bett und tranken gemütlich die süße, heiße Milch, ohne ein Wort miteinander zu wechseln. Dann nahm July ihre Tasche, richtete sich ihr Haar über der Stirn, indem sie es mit den Fingern auflockerte, und räusperte sich, bevor sie sprach.
»Work«, sagte sie.
Ich stand auf und öffnete ihr die Tür.
»Dein Haus«, sagte ich.
Und zeigte auf die von der Feuchtigkeit rissig gewordenen Wände.
Ich sah ihr nach, bis sie im Eingang zur U-Bahn verschwand, setzte mich dann auf die oberste Treppenstufe und betrachtete die Gebäude auf der anderen Straßenseite. In der Hand hielt ich noch ein Stück Weißbrot, und die dick aufgestrichene Marmelade tropfte an den Rändern herunter. Ich steckte das Brot in den Mund und kaute es eine ganze Weile, bis ich spürte, wie es durch meinen Hals glitt und auf den Grund meines Magens sank.

ZWEITER TEIL

Die Goldmedaille

Zum Geburtstag bekam Pedro einen Fußball geschenkt. Pedro maulte, weil er einen aus weißem Leder mit schwarzen Flicken wollte, so einen wie die, mit denen die richtigen Fußballer spielten. Dieser hingegen, aus gelbem Plastik, schien ihm viel zu leicht.
»Der ist ja federleicht. Wenn man mit dem ein Tor köpfen will, fliegt er gleich ganz weg.«
»Um so besser«, sagte sein Vater. »Dann kriegst du wenigstens kein Kopfbrummen.«
Und er legte einen Finger auf die Lippen und bedeutete ihm, still zu sein, damit er Radio hören könne. Im letzten Monat, seit die Straßen von Santiago voller Soldaten waren, hatte Pedro bemerkt, daß sein Vater sich abends in seinen Lieblingssessel vors Radio setzte, die Antenne aus dem grünen Apparat herauszog und aufmerksam Nachrichten hörte, die von weit her kamen.
Pedro fragte seine Mutter:
»Warum sitzt ihr immer vor dem rauschenden Radio?«

»Weil da interessante Dinge erzählt werden.«
»Was denn für Dinge?«
»Über uns und unser Land.«
»Und was?«
»Was alles so passiert.«
»Und warum kann man das so schlecht verstehen?«
»Weil die Stimme von sehr weit her kommt.«
Pedro sah mit schlafschweren Augen nach draußen und fragte sich, von welchem Gipfel der Andenkette, die er von seinem Fenster aus sehen konnte, die Radiostimme wohl zu ihnen kam.
Im Oktober war Pedro der Held aufregender Fußballturniere, die in seinem Viertel ausgetragen wurden. Er spielte in einer dicht mit Bäumen bestandenen Straße, und im Frühjahr unter ihren Schattendächern zu stürmen, machte fast soviel Spaß, wie im Sommer im Fluß zu schwimmen. Für Pedro waren die raschelnden Blätter das riesige Tribünendach eines Stadions, die ihm zujubelten, wenn er einen präzisen Pass von Daniel, dem Sohn des Lebensmittelhändlers, zugespielt bekam und er wie Simonsen die Riesenkerle der gegnerischen Verteidigung umfummelte, um dann ein sicheres Tor zu landen.
»Tooor!« schrie Pedro und fiel den Spielern seiner Mannschaft der Reihe nach um den Hals, die ihn dann hochhoben und wie ein Banner herumtrugen. Obwohl Pedro schon neun Jahre alt war, war er doch der Kleinste in seinem Viertel, und die andern nannten ihn deshalb »Chico«.

»Warum bist du eigentlich so klein, Chico?« fragen sie ihn manchmal, um ihn zu ärgern.
»Weil mein Papa und meine Mama auch klein sind.«
»Und dein Opa und deine Oma sicher auch, sonst wärst du ja nicht sooo furchtbar klein.«
»Ich bin zwar klein, dafür aber schnell mit dem Kopf und mit den Beinen. Aber ihr, ihr seid ja höchstens schnell im Reden.«
Einmal stürmte Pedro im Blitzangriff über die linke Flanke vor, dorthin, wo der Eckwimpel gestanden hätte, wenn es sich um einen richtigen Fußballplatz und nicht um eine ungepflasterte Vorortstraße gehandelt hätte. Als er Daniel, den Sohn des Lebensmittelhändlers, erreicht hatte, täuschte er mit der Hüfte, dribbelte an ihm vorbei, stoppte den Ball mit dem Fuß, hob ihn dann über Daniel hinweg, der schon geschlagen mit der Nase im Staub lag, und ließ ihn sanft durch die beiden Steine rollen, die das Tor markierten.
»Tooor!« schrie Pedro, rannte zur Platzmitte und wartete auf die Umarmungen seiner Mitspieler. Doch diesmal rührte sich niemand. Alle standen wie gebannt und starrten zum Lebensmittelladen hinüber. Fenster öffneten sich, und erwartungsvolle Augen sahen zur Straßenecke, als wäre dort ein berühmter Zauberer oder die Vorhut eines Zirkus mit tanzenden Elefanten angekommen. Ein paar Türen waren aber auch wie von einem plötzlichen Windstoß zugeschlagen worden. Da sah Pedro, wie Daniels Vater von zwei

Männern aus dem Haus gezerrt wurde, während ein paar Soldaten ihre Maschinenpistolen auf ihn gerichtet hielten. Als Daniel zu ihm laufen wollte, hielt ihn einer der Männer mit ausgestrecktem Arm zurück.

Der Jeep fuhr davon, und die Mütter rannten auf die Straße, ergriffen ihre Kinder am Kragen und zerrten sie ins Haus. Pedro stand neben Daniel in der Staubwolke, die der Jeep aufgewirbelt hatte.

»Warum haben sie ihn mitgenommen?« fragte er.

Daniel vergrub seine Hände in den Hosentaschen.

»Mein Papa ist Sozialist«, antwortete er.

»Was heißt das?«

»Daß er Antifaschist ist.«

Pedro hatte das Wort früher schon einmal gehört, an einem der Abende, an denen sein Vater vor dem grünen Radio saß, aber er wußte nicht, was es bedeutete, und hatte zudem Mühe, es auszusprechen. Das »sch« geriet ihm auf der Zunge durcheinander, und als er das Wort aussprach, kam ein Ton voller Luft und Spucke heraus:

»Was sind Antifa-fas-kisten?« fragte er.

Sein Freund blickte auf die jetzt menschenleere Straße und sagte, als vertraue er ihm ein Geheimnis an:

»Sie wollen, daß das Land wieder frei wird; daß Pinochet aus Chile verschwindet.«

»Und deshalb werden sie verhaftet?«

»Ja, ich glaub'.«

»Was machst du jetzt?«
»Ich weiß nicht.«
Auf dem Heimweg kickte Pedro den Ball vor sich her, und da niemand mehr auf der Straße war, mit dem er hätte spielen können, lief er bis zu nächsten Ecke, um auf den Bus zu warten, mit dem sein Vater von der Arbeit kam. Als er ausgestiegen war, umschlang Pedro seine Hüften, und sein Vater beugte sich zu ihm hinunter und gab ihm einen Kuß.
»Ist die Mama schon zurück?«
»Nein«, sagte der Junge.
»Hast du heute wieder viel Fußball gespielt?«
»Ein bißchen.«
Er spürte, wie die Hand seines Vaters über sein Haar fuhr und sich dann liebevoll auf seine Brust legte.
»Heute sind Soldaten gekommen und haben Daniels Papa mitgenommen.«
»Ja, ich weiß«, sagte sein Vater.
»Woher weißt du das?«
»Ich hab' eine telefonische Nachricht bekommen.«
»Daniel muß jetzt den Laden versorgen. Vielleicht schenkt er mir Bonbons.«
»Das glaube ich nicht.«
»Sie haben ihn in einem Jeep mitgenommen. So einen wie im Kino.«
Sein Vater antwortete nicht. Er atmete tief durch und sah unendlich traurig die Straße hinunter. Obwohl es noch warm und hell war, sah man nur ein paar Männer, die langsam von der Arbeit nach Hause gingen.

»Meinst du, daß er ins Fernsehen kommt?«
»Wer?« fragte sein Vater.
»Don Daniel.«
»Nein.«
Am Abend setzten sich die drei zu Tisch, und obwohl niemand ihm befohlen hatte, still zu sein, blieb Pedro stumm, wie angesteckt von dem Schweigen seiner Eltern, und starrte auf das Muster der Tischdecke, als wären die aufgestickten Blumen unendlich weit von ihm entfernt. Plötzlich begann seine Mutter lautlos zu weinen.
»Warum weint Mama?«
Der Vater sah zuerst Pedro an und dann seine Frau, antwortete aber nicht. Die Mutter sagte:
»Ich weine ja gar nicht.«
»Hat dir jemand was getan?« fragte Pedro.
»Nein«, sagte sie.
Sie aßen schweigend zu Ende, und Pedro ging seinen Schlafanzug anziehen, der von einem kräftigen Gelb war, mit Vögeln und Hasen darauf. Als er wieder hereinkam, saßen seine Eltern engumschlungen im Sessel, die Köpfe dicht am Radio, aus dem unverständliche Laute drangen, undeutlicher noch als sonst, weil es ganz leise gestellt war. Da er erriet, daß sein Vater gleich den Finger an die Lippen legen und ihm Schweigen gebieten würde, fragte er schnell:
»Papa, bist du ein Sozialist?«
Der Mann sah seinen Sohn an, dann seine Frau, und dann sahen beide Pedro an. Der Vater nickte langsam mit dem Kopf.

»Werden sie dich auch verhaften?«
»Nein«, sagte der Vater.
»Woher weißt du das?«
»Weil du mir Glück bringst, Chico«, lächelte der Mann.
Pedro lehnte sich an den Türrahmen, glücklich, daß man ihn nicht wie sonst gleich ins Bett schickte. Er lauschte dem Radio und versuchte zu verstehen, was seine Eltern und deren Freunde Abend für Abend an den Apparat zog. Als die Radiostimme »die faschistische Junta« sagte, hatte Pedro das Gefühl, alle durch seinen Kopf schwirrenden Gedankenteile fügten sich auf einmal zusammen, wie bei seinem Puzzle, wenn er Stück für Stück das Segelschiff zusammensetzte.
»Papa!« rief er. »Bin ich auch ein Antifaschist?«
Der Vater sah seine Frau an, als wäre die Antwort auf diese Frage in ihren Augen zu lesen, und die Mutter rieb sich belustigt die Wange und sagte:
»Das kann man so nicht sagen.«
»Warum nicht?«
»Weil Kinder anti gar nichts sind. Kinder sind einfach Kinder. Kinder in deinem Alter müssen nur zur Schule gehen, viel lernen, ganz viel spielen und lieb zu ihren Eltern sein.«
»Geh jetzt ins Bett, Chicoco«, sagte der Vater.
Am nächsten Morgen verschlang Pedro zwei Brötchen mit Marmelade, hielt einen Finger unter den Wasserhahn, rieb sich die Schlafreste aus den Augen und hastete im Laufschritt zur Schule, damit er nicht wieder wegen Zuspätkommens eingetragen würde.

Unterwegs entdeckte er im Geäst eines Baumes einen schönen blauen Papierdrachen, doch sosehr er sich auch bemühte, ihn zu erwischen, war da nichts zu machen.

Die Schulglocke war noch nicht ganz verklungen, als die Lehrerin stocksteif ins Klassenzimmer kam, gefolgt von einem Herrn in Uniform mit einem Ordensband so lang wie eine Mohrrübe auf der Brust, mit grauem Schnurrbart und einer Sonnenbrille, die dunkler war als das Schwarze unter den Fingernägeln. Vielleicht setzte er sie deshalb nicht ab, weil die Sonne in den Klassenraum schien, als wolle sie ihn in Flammen aufgehen lassen.

Die Lehrerin sagte:

»Auf, Kinder, und schön geradestehen.«

Die Kinder standen auf und warteten auf das, was der Offizier sagen würde, der sie mit seinem Zahnbürstenschnurrbart unter den schwarzen Gläsern anlächelte.

»Guten Morgen, meine kleinen Freunde«, sagte er. »Ich bin Hauptmann Romo. Ich komme von der Regierung, das heißt, von General Pinochet, und ich möchte euch und alle anderen Kinder an dieser Schule bitten, einen Aufsatz zu schreiben. Wer den schönsten Aufsatz schreibt, bekommt von General Pinochet persönlich eine Goldmedaille und ein Ordensband wie dieses hier, in den Farben unserer Nationalflagge.«

Dann legte er beide Hände auf den Rücken, nahm mit einem Ruck Haltung an und machte einen steifen Hals, wobei er das Kinn etwas nach vorn schob.

»Achtung! Setzen!«

Die Kinder gehorchten und mußten sich vor lauter Verlegenheit so kratzen, daß sie am liebsten vier Hände gehabt hätten.

»Also«, sagte der Offizier. »Hefte auf den Tisch...! Hefte bereit...? Gut! Bleistifte auf den Tisch! Bleistifte bereit? Notieren! Überschrift: ›Bei uns zu Hause‹. Verstanden? Ihr schreibt, was ihr so macht, wenn ihr von der Schule kommt, was eure Eltern machen, wenn sie von der Arbeit kommen. Über Freunde und Bekannte, die euch besuchen, was alles so erzählt wird, worüber beim Fernsehen gesprochen wird... Alles, was euch einfällt, ganz ungezwungen und frei. Fertig? Eins, zwei, drei: Es geht los!«

Die Kinder kauten auf ihren Bleistiften herum und starrten an die Decke, ob durch irgendeine Ritze vielleicht das Vögelchen der Eingebung zu ihnen geflogen käme. Pedro lutschte und saugte an seinem Bleistift, bekam jedoch kein einziges Wort aus ihm heraus. Er bohrte sich in der Nase und klebte ein Klümpchen, das zufällig herausgekommen war, unter die Bank. Leiva, sein Banknachbar, knabberte sich einen nach dem andern alle Fingernägel ab.

»Ißt du die auf?« fragte Pedro.

»Was?«

»Deine Nägel.«

»Nein. Ich beiß' sie ab und spuck' sie dann aus. So! Siehst du?«

Der Hauptmann kam durch den Mittelgang auf sie zu, und Pedro konnte zentimeternah seine harte goldene Gürtelschnalle sehen.

»Und ihr schreibt nichts?«

»Doch, Señor«, sagte Leiva und runzelte blitzschnell die Stirn, streckte die Zungenspitze zwischen die Lippen und malte ein großes A als Anfang seines Aufsatzes. Als der Hauptmann wieder zur Tafel zurückgegangen war und dort mit der Lehrerin flüsterte, schielte Pedro zu Leivas Heft hinüber.

»Was schreibst du?«

»Weiß nicht, und du?«

»Weiß auch nicht.«

»Was haben deine Eltern denn gestern gemacht?«

»Dasselbe wie immer. Gegessen, Radio gehört und dann sind sie schlafen gegangen.«

»Genau wie meine Mama.«

»Meine Mama hat auf einmal zu weinen angefangen.«

»Frauen heulen dauernd. Hast du das noch nicht gemerkt?«

»Ich versuch', überhaupt nie zu heulen. Ich heul' schon ungefähr ein Jahr nicht mehr.«

»Und wenn ich dir mit dem Finger ins Auge faß und es rausreiß, heulst du dann?«

»Warum willst du das tun? Bist doch mein Freund.«

»Da hast du auch wieder recht.«

Die zwei nahmen wieder ihre Bleistifte und starrten auf die Glühbirne an der Decke und auf die Schatten an den Wänden, und sie hatten das Gefühl, ihre Köpfe seien hohl und leer, so wie ihre Sparbüchsen

zu Hause. Pedro rückte näher zu Leiva heran und flüsterte:
»He, Leiva, bist du ein Antifaschist?«
Leiva sah lauernd zum Hauptmann. Dann bedeutete er Pedro, weiter geradeaus zu sehen, lehnte sich zu ihm hinüber und sagte, wobei er ihm seinen Atem ins Ohr blies:
»Klar, Mann!«
Pedro rückte etwas von ihm ab und zwinkerte ihm zu, wie die Cowboys im Kino. Dann rückte er wieder näher und tat, als schriebe er etwas auf sein leeres Blatt.
»Aber du bist doch auch noch ein Kind!«
»Na und?«
»Meine Mama hat gesagt, daß Kinder...«
»Das sagen sie immer... Meinen Papa haben sie verhaftet und weggebracht.«
»Don Daniel auch.«
»Kenn' ich nicht.«
»Den Lebensmittelhändler.«
Pedro betrachtete das weiße Blatt Papier und las, was er bis jetzt geschrieben hatte:
»Bei uns zu Hause, von Pedro Malbrán, Siria-Schule, Grundstufe drei, Klasse A.«
»He, Leiva«, sagte er. »Ich versuch', die Goldmedaille zu kriegen.«
»Na, dann mal los, Chico.«
»Wenn ich sie gewinn', verkauf' ich sie und kauf' mir dafür einen Fußball Größe fünf aus weißem Leder mit schwarzen Flicken.«

»Erst mußt du sie mal gewinnen.«
Pedro befeuchtete die Bleistiftspitze mit Spucke, atmete tief durch und schrieb, ohne einmal anzuhalten.
Eine Woche verging, und in dieser Woche fiel ein Baum im Viertel vor Altersschwäche einfach um, einem Kind wurde das Fahrrad gestohlen, der Müllmann ließ sich fünf Tage lang nicht blicken, und die Fliegen flogen den Leuten in die Augen und sogar in die Nasenlöcher, Gustavo Martínez von gegenüber heiratete, und an die Nachbarn wurden Tortenstücke verteilt, der Jeep kam wieder, und der Lehrer Manuel Pedraza wurde abgeholt, der Pfarrer wollte am Sonntag die Messe nicht lesen, der Colo-Colo-Club gewann ein internationales Spiel mit einem Sack voll Toren, und auf der weißen Schulmauer stand eines Morgens in dicken roten Lettern das Wort »Widerstand«. Danielito spielte wieder Fußball und schoß ein Tor durch Fallrückzieher und eins durch Kopfball, das Eis wurde teurer, und Matilde Schepp forderte Pedro an ihrem achten Geburtstag auf, ihm einen Kuß auf den Mund zu geben. »Du spinnst wohl«, gab der ihr zur Antwort.
Danach verging noch eine Woche, und eines Tages kam der Offizier wieder in ihre Klasse, beladen mit Stößen von Papier, einem Beutel Bonbons und Kalendern mit dem Bild eines Generals darauf.
»Meine lieben kleinen Freunde«, sagte er zu ihnen, »ihr habt sehr schöne Aufsätze geschrieben, über die wir beim Militär uns alle sehr gefreut haben, und im

Namen meiner Kameraden und im Namen von General Pinochet darf ich euch aufrichtig gratulieren. Die Goldmedaille geht leider nicht an eure Klasse, sondern an eine andere, an irgendeine andere, aber als Belohnung für eure netten kleinen Arbeiten bekommt jeder von euch ein Bonbon, den Aufsatz mit einer Anmerkung von mir zurück und diesen Kalender mit dem Foto unseres Landesvaters.«

Pedro lutschte sein Bonbon auf der Heimfahrt im Bus, wartete an der Straßenecke auf seinen Vater und schob beim Abendessen seinen Aufsatz über den Küchentisch. Der Hauptmann hatte mit grüner Tinte daruntergeschrieben: »Bravo! Gut gemacht.« Pedro löffelte mit einer Hand seine Suppe, kratzte sich mit der anderen den Bauchnabel und wartete, daß sein Vater zu Ende las. Der gab den Aufsatz der Mama und sah sie dabei wortlos an. Gleichzeitig machte er sich eifrig über seinen Teller her, bis die letzte Nudel verschlungen war, ohne jedoch einen Blick von seiner Frau zu lassen.

Währenddessen las Pedros Mutter den Aufsatz:

Wenn mein Papa von der Arbeit kommt, warte ich auf ihn an der Bushaltestelle. Wenn wir nach Hause kommen, sagt meine Mama zu ihm Hallo Schatz, wie wars heute? Gut, sagt dann mein Papa, und bei dir? Wie solls gewesen sein, sagt meine Mama. Danach spiel ich auf der Straße Fußball, und am liebsten tu ich die Bälle ins Tor köpfen. Daniel spielt am liebsten Torwart, und ich bring ihn immer auf 180, weil wenn ich einmal am stürmen bin, kann er mich nicht mehr

stoppen. Dann kommt meine Mama und ruft Essen kommen Pedrito, und dann essen wir und ich esse immer alles auf, nur die Bohnen nicht, die krieg ich einfach nicht runter. Danach setzen sich Mama und Papa ins Wohnzimmer und spielen Schach und ich mache meine Schularbeiten. Und danach gehen wir alle ins Bett und ich kitzel meine Eltern noch an den Füßen. Und danach, danach da weiß ich dann nichts mehr, weil ich eingeschlafen bin.
Unterschrift
Pedro Malbrán

P. S. Wenn ich einen Preis für diesen Aufsatz krieg, dann hoffentlich einen Fußball. Aber keinen aus Plastik.

»Tja«, sagte sein Vater, »da werden wir wohl ein Schachspiel kaufen müssen für alle Fälle.«

Es herrscht Ruhe im Land

Der Gouverneur stand von seinem Schreibtisch auf und ließ alle Jalousien im Zimmer herunter. Er lokkerte seine Krawatte und tätschelte die Rundungen des bequemen Ledersessels, bevor er sich in dessen Halbschatten sinken ließ. Der Wind schob ein paar Sonnenfasern durch die weichen Wölbungen der Jalousie, doch konnten sie das beinahe pflanzliche Dämmerlicht, das Dr. Mendoza mit übereinandergezogenen Vorhängen und Gardinen geschaffen hatte, nicht verletzen. In dieser seidigen Schläfrigkeit hüpfte sein Kehlkopf beim Schlucken des zähflüssigen Speichels und drückte seine Zunge gegen die Lippen. Nachdem er sie befeuchtet hatte, schob er seine Finger in die rechte Sesselspalte und brachte eine halbvolle Whiskyflasche zum Vorschein. Er genehmigte sich einen großzügigen Schluck, öffnete dann seinen Gürtel und den obersten Hosenknopf, preßte mit Daumen und Zeigefinger seufzend die Nasenflügel zusammen und machte sich bereit für seine Siesta. Da ertönten, wie auf ein Zeichen, vier

Geräusche gleichzeitig: explodierende Tränengasgranaten in der Nähe, Polizeisirenen in der Ferne, das Klingeln des Telefons auf dem Boden, schrill und aufdringlich in der schattigen Stille. Das vierte Störgeräusch war das sanfteste: das Pochen schüchterner Fingerknöchel an der Tür seines Arbeitszimmers.

Der Gouverneur streckte seinen bestrumpften Fuß aus, versetzte dem Telefonhörer einen leichten Tritt, der ihn von der Gabel hob und auf den weichen Teppich rutschen ließ. Aus dem entnervenden Hörer drang noch die Stimme einer Frau (»Hallo? Ist dort das Büro des Gouverneurs? Hallo? Antworten Sie doch!«), bevor Dr. Mendoza seinen rechten großen Zeh auf die Gabel legte. Das Krachen der Tränengasgranaten hörte auf, und die Sirenentöne verloren sich in der Ferne. Nur das leise Klopfen an der Tür hielt unerbittlich an.
»Herein«, seufzte er und richtete automatisch den Knoten seiner Krawatte. Er rieb sich heftig die Augenlider, als er sah, daß es der alte Parra war, der sich da durch den Türspalt zwängte, auf Zehenspitzen fast, offenbar ganz unter dem Eindruck der feierlichen Kirchendämmerung, in die er eingedrungen war. Dieser Eindruck wurde durch den schweren, dämpfenden Teppich noch verstärkt.
Er kniff, in dem Bemühen, die Amtsperson hinter dem Schreibtisch zu erkennen, die Augen zusammen, und Dr. Mendoza genoß die kleine Rache

und ließ ihn eine Sekunde lang in dieser beklemmenden Ungewißheit warten.
»Herr Gouverneur?« sagte der alte Parra zu einer Wand, den Kopf jedoch lauschend in die entgegengesetzte Richtung gestreckt.
»Was wollen Sie?«
»Ich bin's, der alte Parra.«
»Ja, das habe ich bereits gemerkt. Was wollen Sie?«
»Nichts, Señor. Nur daß Sie mir helfen, meinen Sohn ausfindig zu machen, den sie verhaftet haben. Nur daß Sie ihn da herausholen, wo er festgehalten wird. Darum möchte ich Sie ganz ergebenst bitten.«
Der Gouverneur griff zum »Mercurio«, zog einen pompösen Füllhalter aus seiner Jacke und tat, als notiere er etwas am Zeitungsrand, obwohl er in Wirklichkeit nur einen Kreis malte, den er dann mit Tinte ausfüllte.
»Wir werden tun, was in unserer Macht steht. Wie heißt Ihr Sohn?«
»Gustavo Parra.«
»Gu-sta-vo Par-ra. So, das haben wir. Wir werden sehen, was wir tun können.«
Der alte Parra räusperte sich und rieb sich das Kinn. »Herr Doktor«, sagte er. »Wenn es nicht zu viele Umstände macht, möchte ich Sie noch bitten, doch gleich anzurufen, damit sie ihn freilassen. Es heißt, im Stadion würden jetzt Leute erschossen.«
Der Gouverneur begann mit der Rundung eines zweiten Kreises, in den er dann einen dritten malte.
»Nein, nein. Diese Dinge regelt man nicht am Tele-

fon. Gehen Sie ganz beruhigt nach Hause, ich kümmere mich um die Sache.«
Der alte Parra nickte verständnisvoll, machte jedoch keinerlei Anstalten zu gehen. Er stand da und blinzelte, als flattere ihm ein Vogel über die Pupillen.
»Herr Gouverneur«, sagte er, »wenn es nicht zuviel verlangt ist, möchte ich Sie auch noch bitten, meinen Enkel, den kleinen Arturo, aus dem Stadion herauszuholen, den sie auch verhaftet haben.«
»Vater und Sohn also«, sagte der Gouverneur.
»Ja. Gustavo Parra und Arturo Parra. Vater und Sohn.«
»Ar-tu-ro Par-ra«, buchstabierte der Gouverneur. Mit der rechten Hand füllte er den zweiten Kreis mit Tinte, und mit der linken nahm er einen weiteren Schluck aus der getreuen Flasche.
»Fertig«, sagte er und wölbte erschauernd den Nakken, als ihm der starke Schnaps durch die Kehle rann. »Wir werden tun, was wir können; nach besten Kräften.«
»Danke, Herr Gouverneur.«
»Keine Ursache, Mann. Keine Ursache.«

Dr. Mendoza gähnte mit bereits geschlossenen Augen, und nachdem er diesen großartigen Akt mit einem die Muskeln lockernden Erzittern abgeschlossen hatte, legte er den Kopf zurück, bereit, endlich einzuschlafen. Er spürte, wie der Schlaf unwiderstehlich und zielstrebig wie eine Eidechse in ihm hochkroch. Selbst der ferne Knall einer explodierenden

Tränengasgranate und sogar die Rufe »Allende, Allende, el pueblo te defiende« erreichten ihn nur noch undeutlich und schienen ihm natürliche Bestandteile dieser lauen Benommenheit zu sein, die er als sicheren Vorboten des Schlafs erkannte.
Da vernahm er ein Hüsteln, das selbst in seinem geräumigen Arbeitszimmer noch maßlos laut klang. Er beugte sich in seinem Sessel vor und sah den alten Parra lächelnd in der halboffenen Tür stehen, einen Finger erhoben, als sei ihm gerade noch etwas eingefallen.
»Herr Gouverneur«, sagte der Alte und rieb seine Handflächen aneinander, »wenn es Ihnen nicht zu aufdringlich erscheint, möchte ich Sie noch bitten, ob Sie nicht auch meine Schwiegertochter aus dem Gefängnis freibekommen könnten.«
Dem Gouverneur fiel der Füllhalter auf den Teppich. Der alte Parra, mittlerweile an das Dämmerlicht gewöhnt, trat hinzu, hob ihn auf und hielt ihm den schreibfertigen Füller hin. »Sie heißt Nina Cisneros«, sagte er. »Nina Cisneros de Parra.«

Der Anruf

am 8. Mai 1974

Die Stimme erreichte ihn an der Ecke des Gymnasiums, und obwohl er nicht unterscheiden konnte, wer von den beiden ihn gerufen hatte, wußte er, daß es Polizisten waren. Während sie näherkamen, drückte er sein rechtes Handgelenk gegen die Zigarettenschachtel und überschlug, wie viele er an diesem Vormittag schon geraucht hatte.
Er mußte seine Aktentasche und den Regenmantel in die andere Hand nehmen, um die Rechte für den Gruß des einen von ihnen freizubekommen.
Obwohl der Jüngere ihm seine Hand mit einer Herzlichkeit reichte, die über das amtliche Maß weit hinausging, zweifelte der Lehrer keinen Moment an seiner Vorahnung.
Während er die merkwürdige Herzlichkeit des glattrasierten Jungen über sich ergehen ließ, versuchte er, in der Menge, die aus dem Gebäude strömte, irgendein vertrauenswürdiges Gesicht ausfindig zu machen. Aber schon die bloße Tatsache, daß ihm diese Unbedachtheit in den Sinn gekommen war, machte ihm

klar, daß er unsicher wurde. Als der Mann seine Hand losließ, bemächtigte sich ihrer sogleich das zweite Individuum, ebenfalls tadellos rasiert und mit einem Abzeichen am Rockaufschlag.

»Inspektor López«, buchstabierte der Jüngere und hing dabei an seinen Augen, als sei dieser Akt des Lächelns und Händedrückens ein Schlüssel für etwas, was der Lehrer bereits erahnen müsse.

»Meine Herren«, sagte dieser dann, »ich war schon einmal einen Monat in Haft, wurde aber wieder freigelassen, weil nichts gegen mich vorlag.«

»Ja sicher, Herr Lehrer, ja«, sagte der glattrasierte Junge mit gleichgültig monotoner Stimme und gab seinem Lächeln durch die Art, wie er ihm mit dem Kinn Nachdruck verlieh, einen Hauch von Verständnis. Und er behielt dieses Lächeln, scharf wie eine Rasierklinge, in der darauffolgenden Stille bei, während der Inspektor mit dem Abzeichen am Rock die Arme verschränkte und seinen Blick auf den Verkehr auf der Alameda richtete.

»Kennen Sie mich nicht mehr, Herr Lehrer?«

Der Lehrer versuchte stirnrunzelnd einen bekannten Zug in dem ausdruckslosen Gesicht zu entdecken. Er tat, als überlege er, befühlte seine Brusttasche, ertastete seine Brille und führte seine rechte Hand ans Herz, um sie herauszuziehen.

Schon die Bewegung erschien ihm subversiv.

Der Inspektor sah ihn lauernd an, und der Lehrer sagte:

»Meine Brille...«

Behindert durch die lederne Aktentasche und den Regenmantel, mußte er sich wie unter Schmerzen zusammenkrümmen, um sie sich aufzusetzen. Dann starrte er wieder in die leeren Gesichtszüge seines Gegenübers.

»Kommen Sie, Herr Lehrer ...«, sagte dieser mit einer sehr italienischen, auffordernden Handbewegung. »Wie stehe ich denn sonst da?«

Der Lehrer legte bedächtig Daumen und Zeigefinger an seine Nasenflügel.

»Schüler, nicht?« Der Junge sah befriedigt auf den mit Inspektor Angeredeten und nickte, während seine Augen nach weiteren Einzelheiten fragten.

»Ihrem Alter nach zu urteilen, während der letzten fünf Jahre, nehme ich an.«

»Genau. Ich bin 1970 abgegangen; in dem Jahr, als Allende gewählt wurde.«

»1970...«, wiederholte der Lehrer, beunruhigt durch die Jahreszahl, aber auch durch einen gewissen Unterton in der Stimme des Jungen. Ihm brannten die Wangen. Sein Gesicht mußte rot angelaufen sein, als habe er zuviel getrunken.

»So viele Dinge ...«, hörte er sich zusammenhanglos sagen, »man wird langsam alt, und das Gedächtnis –«

»Fuentes!« unterbrach ihn der Junge. »Miguel Angel Fuentes, Nummer siebzehn.«

»Natürlich, Fuentes, Fuentes ...«, murmelte der Lehrer.

»Im Examen mußte ich dieses Gedicht von Nicanor

Parra interpretieren. Sie haben immer gesagt, Sie seien genau wie die Figur, die da drin vorkommt. Das Gedicht über den alten Lehrer. ›Ich hab' mir die Stimme ruiniert durchs viele Unterrichten‹.«

»Ah ja, ja, ja. Richtig!«

»Ich war in der Klasse, die Ihnen zum Endes des Schuljahrs die gesammelten Werke von Neruda geschenkt hat. Die Luxusausgabe mit Ledereinband.«

»Ich erinnere mich; natürlich erinnere ich mich daran.«

»Ein schönes Geschenk. Wir haben alle auf der ersten Seite unterschrieben, wissen Sie noch?«

»Natürlich, Fuentes, natürlich.«

Der Inspektor nickte ebenfalls, als wolle er die Erinnerung des Lehrers bestätigen, gleichzeitig aber ein wenig zerstreut, vielleicht weil er gern mit dem Bus zur Pferderennbahn oder zum Santa-Laura-Stadion gefahren wäre. Der Lehrer hatte das Gefühl, daß seine Knöchel schwer und klebrig wurden, als versinke er in honigweichem Asphalt. In der Stille, die den letzten Worten folgte, war er zweimal kurz davor, seine rechte Hand auszustrecken, zum Zeichen, daß er es eilig habe, und um das Zusammentreffen rasch zu beenden. Aber beide Male hatten ihn die Blicke zurückgehalten, die der Inspektor und der Junge sich zuwarfen, so, als würden sie sich heimlich mit dem Ellenbogen anstoßen, mit angedeuteten Signalen verständigen.

»Also, ich muß weiter«, sagte der Lehrer auf gut Glück.
»Und Pablo Neruda ist jetzt tot«, fuhr Fuentes fort und schüttelte bekümmert den Kopf. »Wer hätte das gedacht. Ein wirklich guter Dichter, nicht, Herr Lehrer?«
»Ein sehr guter, ja, ein sehr guter Dichter.«
»Außerdem noch Nobelpreisträger.«
Der alte Lehrer bemerkte in den Mundwinkeln des Jungen einen wachsamen Zug. Fünf Zigaretten habe ich während des Unterrichts geraucht, und eine in der Pause, dachte er. Bleiben noch vierzehn, gerade noch vierzehn. Er sah die Angriffstaktik klar vor sich. Zuerst die Abwehr schwächen, sich danach vortasten, dann zuschlagen und dann ... Dreizehn, dachte er, als der Inspektor die Hand ausstreckte, um ihm die Zigarette anzuzünden.
»Ich war schon mal verhaftet«, stieß der Lehrer zusammen mit dem Rauch hervor. »Ich bin verhört worden. Man hat nichts gegen mich vorbringen können, Fuentes.«
»Aber ja, das weiß ich doch, Herr Lehrer. Wie sollte ich Sie nicht kennen, wo Sie mich doch ein ganzes Jahr lang unterrichtet haben.« Er hatte die flache Hand aufs Herz gelegt und eine feierliche Miene aufgesetzt. »Das hier ist eine reine Routineangelegenheit. Sie können ganz unbesorgt sein. Der Inspektor und ich, wir drehen ab und zu mal hier, mal da eine Runde... Aber mit Ihnen gibt's keine Probleme, Herr Lehrer. Nicht wahr, Inspektor?«

»Nein, keine Probleme.«
Der glattrasierte Junge sah ihn treuherzig an, gab ihm die Hand und legte dann seine Linke über die beiden zum Gruß gereichten Hände. Brüderlich, ganz auf die brüderliche Art. Der Inspektor sagte nur: »Hat mich gefreut.«
Als der Lehrer die Straße überquerte, klemmte er sich die Tasche mit den Schularbeiten unter den Arm und trocknete die schweißnassen Hände am Regenmantel, den er in seinen Händen zerknautschte.
Im *Indianapolis* kaufte er eine gelbe Plastikmarke für eine Tasse Kaffee. Er spielte mit ihr wie mit einem Würfel, hielt sie gedankenverloren in seiner geschlossenen Hand, gab dann der Kassiererin noch eine Münze, und seine Stimme kam ihm heiser vor, als er sie um ein Telefonmärkchen bat. Er nahm es zusammen mit dem Kaffee und ging zu einem freien Platz am Tresen direkt neben dem Telefonapparat. Dort hängte er seinen Regenmantel auf und stellte die Aktentasche ab. Obwohl er keinen Zucker nahm, rührte er mit dem Kaffeelöffel ausgiebig in der Tasse herum, bevor er sich zum ersten Schluck entschließen konnte. Als er die Tasse zum Mund führte, beschlug der Dampf seine Brille, und er trank den ersten Schluck mit zusammengekniffenen Augen.
Als er sein Taschentuch hervorzog, um die Gläser zu putzen, drehte er sich ein wenig zur Seite, und da sah er den dicken Mann, kaum einen Meter von sich entfernt, der »Las Ultimas Noticias« auf der Pferdesportseite aufgeschlagen hatte.

Er hörte auf, die Brillengläser abzureiben, hielt sie gegen das Sonnenlicht, das durch eine verblichene tabakfarbene Gardine gedämpft wurde, und vervollständigte die makellose Durchsichtigkeit der Gläser noch, indem er ein winziges Stäubchen direkt unter dem Gestell entfernte.

Dann leerte er seine Tasse auf einen Zug, und da er sich der Unfehlbarkeit seiner Ahnung sicher war, nahm er Mantel und Tasche und unterließ den Anruf.

DRAUSSEN NACH DEM PUTSCH

Der Mann mit der Nelke im Mund

> Ich fühle Angst, spüre Verlangen,
> doch nicht mit meinem ganzen Sein.
> Etwas bleibt in meinem Innern verborgen –
> kalt, bedrückend, stumm.
>
> *Fernando Pessoa*

Das junge Mädchen huschte unter den Bäumen entlang, eilig wie eine Frau, die an einem öffentlichen Ort allein ist; zugleich aber auch aufrecht, vorsichtig und abwesend, so als sei das Alleinsein eine Schande und als lauerten alle Männer darauf, ihr den Hals zu lecken und in die Lippen zu beißen.

Sie behielt den Anschein von Zielstrebigkeit bei, bis sie den Platz in seiner ganzen Breite überquert hatte. Als sie auf der anderen Seite angekommen war, gönnte sie sich eine Atempause. Die Schultern lösten sich aus ihrer Verkrampfung, ihr Kinn sank, von einem Lächeln besiegt, nach unten, und ihre Ellenbogen entspannten sich in einer sie selbst ermutigenden Bewegung. Wieder einmal hatte sie sich dabei ertappt, daß sie sich gezwungen und förmlich gab, was sie selbst verabscheute, daß sie eine abweisende, lächerlich gekünstelte Miene aufsetzte, aus Egoismus eine sinnlose Würde wahrte. Sie dachte: »Genauso bin ich früher von der Schule nach Hause gegangen. Genauso bin ich sonntags ins Kino gegangen. Wir alle sind so gegangen. Als würden wir zu Huren, nur weil wir allein sind.«

Die Männer und Frauen auf dem Platz hoben das Handgelenk und vergewisserten sich der Zeit. Sie verglichen Uhren, spähten in Nebenstraßen, sahen zum Himmel hinauf, in der Hoffnung, die ganze Unruhe möge sich irgendwo festmachen. Sie standen beisammen, doch so, wie die Überlebenden eines ausgelassenen Festes beisammenstehen: man bewegt den Arm des Plattenspielers, wenn es schon längst keine Musik mehr gibt, die allen gefällt. Es fehlten noch ein paar Sekunden, und niemand wollte, daß das Jahr dahinginge, wie ein Brief im Briefkastenschlitz verschwindet.

Wieder beobachtete man die Straßenecken. Auch der Himmel wurde beharrlich angestarrt, Handgelenke wurden ans Ohr gehalten, und das Mädchen spürte, wie der Wind die Blüte hinter ihrem Ohr erzittern ließ.

Da wußte sie, daß ein Mann hinter ihr stand.

Und genau in der Sekunde, als alle sich umarmten, wußte sie auch, daß dieser Mann es war, der sie jetzt umarmte; nicht mit einer frontalen, aufdringlichen und emphatischen Neujahrsumarmung, sondern mit einer halben Umarmung nur, einer Andeutung, so wie man sich an eine vertraute Schulter lehnt, doch auch mit der Behutsamkeit dessen, der weiß, daß diese Schulter zerbrechlich ist.

Im anonymen Beutegriff gefangen, wollte sie zunächst in diesem vergnüglichen ungewissen Schwei-

gen verharren, die Umgebung ausgeblendet lassen, die Menschen, den unwirklichen Lichterschmuck, die Stadt, Portugal und das ganze Universum, doch da hatte sie sich schon umgedreht, erforschte mit leicht angespanntem Blick die Gesichtszüge des Jungen, der ihr nur ein zerstreutes, entspanntes, zufälliges Lächeln schenkte, als hinge er schon seit drei Tagen an ihrer Schulter und habe jetzt keine Lust mehr, sich mit ihr zu unterhalten, und widme seine Aufmerksamkeit lieber den kleinen Absonderlichkeiten der Vorübergehenden, den Zurufen und Begrüßungen, als habe er all die Zurufe und Begrüßungen zu begutachten.
Mit der Zunge bugsierte er geschickt den Stengel einer Nelke, die er im Mund hielt, mit einer komischen Pirouette in den linken Mundwinkel, wo er sie mit zusammengebissenem Kiefer festhielt.
Im selben Augenblick vergaß das Mädchen die Worte »Glückliches Neues Jahr«, die ihm auf der Zunge lagen, und gehorchte einer spontanen Eingebung.
»Das ist zufällig meine Schulter«, sagte sie.
»Ja, ich weiß«, stieß der Junge (jünger als sie) hervor, ohne sie anzusehen (war aber dabei, es zu tun). »Ich halte mich an deiner Schulter fest, weil mir meine inzwischen egal ist.«
Um sprechen zu können, hielt er den Nelkenstiel mit den Zähnen fest. Sie hob ihre freie Hand und tippte mit dem Finger an die Blume.
»Sieht aus, als wärst du Vegetarier, was?«

»Nein, ich esse sie ja nicht. Ich halt' sie nur so im Mund.«
Die Menschen strömten in fieberndem Gedränge zur linken Ecke des Platzes. Aus einer Seitenstraße kam ein Demonstrationszug von Arbeitern und Studenten, denen aus Lautsprechern der Refrain »El pueblo unido jamás será vencido« voranschallte. Die beiden ließen sich von der wogenden Menge den Gehweg hinunterdrängen, bis sie zusammen an der Spitze des Zuges gingen. Ein spitznasiger Alter mit dicken Brillengläsern und deutlich hinkendem Gang trug eine riesige rote Fahne. Obwohl die Leute ihm heftig applaudierten, als er vorbeiging, sah er gedankenverloren aus, umgeben von einem kleinen Glorienschein, einer symphonischen Musik lauschend, die seinem eigenen Kopf entsprang.
Sie marschierten ein Stück vor ihm her, ohne sich loszulassen, während die Menschen auf dem Platz Kreise bildeten und sich im Takt des ständig wiederholten Refrains wiegten. Man sah überschäumende Flaschen überall, aus Autofenstern gehalten oder in den Händen fähnchengeschmückter Radfahrer. Zwischen Rufen, Singen und Lautsprecherlärm knallten ein paar Sektkorken, alles durcheinandergewirbelt von einer lauen Brise, als wäre nicht Winter.
Der Junge zog sie ins Restaurant Piquinique und bedeutete ihr, an der Snackbar Platz zu nehmen. Sie bestellten zwei Sandwiches und Rotwein.
»Also«, sagte er, »ich heiße Jorge.«
»Carmen«, antwortete die junge Frau.

Sie gaben sich die Hand und warteten schweigend auf den Wein. Amüsiert lächelnd sahen sie sich an, vollführten vage Gesten. Sie kam zu dem Schluß, daß es nicht seine Art sei, weitere Fragen zu stellen, aber sie hätte gern mehr gewußt. Doch letztlich fragte auch sie nicht weiter. Der Wein wurde gebracht, und das erste Glas leerten sie in komplizenhafter Geschwindigkeit. Das Mädchen spürte den Nachgeschmack, die angenehme Wärme in ihren Wangen. Er warf sich lachend über den Tisch und vergrub sein Gesicht in beiden Armen. Sekundenlang schüttelte es ihn, während sie die Gläser wieder füllte, dann hob er seinen Kopf und rieb sich die feuchten Wangen. Er klemmte die Nelke in die Lücke zwischen seinen beiden schadhaften Vorderzähnen und nickte vor sich hin, bemüht, nicht gleich wieder loszuplatzen.

»Ich bin wahnsinnig glücklich«, sagte er auf spanisch.

»Das sieht man«, antwortete sie.

»Ich war ein Jahr im Gefängnis. Mein Vater fünf Jahre, dann ist er geflohen. Er ist in Frankreich gestorben.«

Mit den Augenbrauen forderte sie ihn zum Trinken auf. Die dampfenden Sandwiches wurden gebracht, und sie fielen heißhungrig darüber her. Als nur noch ein paar verstreute Krümel übrig waren und der Kellner den Rest der Flasche mit berufsmäßiger Gewandtheit in die Gläser verteilt hatte, sagte der Junge:

»Ich zahle jetzt, und dann gehen wir nach Hause. Du bleibst heute nacht bei mir.«

Ganz entgegen seiner Art erwartete er übertrieben aufmerksam ihre Reaktion auf diese Ankündigung. Er zog seine Mundwinkel so weit auseinander, daß alle Zähne sichtbar wurden, gekrönt von der roten Nelke in der mittleren Zahnlücke.
»Ich will nicht«, sagte das Mädchen.
»Gefalle ich dir nicht?«
»Doch, gefallen schon ...«
»Aber?«
»Ich will nicht.«
Der Junge fuhr sich durch das Haar.
»Ich weiß schon«, sagte er. »Du ärgerst dich, weil ich die Nelke nicht aus dem Maul nehme.«
Sie zeigte bedauernd auf ihr leeres Glas. Der Junge schob ihr seines hin, sie trank einen Schluck und wurde plötzlich ernst. Mit dem Finger schnippte sie eine Brotkrume in die Handfläche ihrer anderen Hand.
»Als Schluß war mit dem Faschismus, habe ich mir geschworen, die ganze Nacht des neuen Jahres mit einer Nelke im Mund herumzulaufen«, sagte er und kratzte sich hinterm Ohr. »Ich kann zwar mit dir schlafen, aber ich könnte dich weder küssen noch lecken, wegen dieses kleinen Problems eben.«
Das Mädchen fuhr sich mit den Fingern durch die Haare. Sie wußte, daß sie ihn mit dem Lächeln, mit dem sie ihn jetzt ansah, endgültig enttäuschen mußte.
»Ich kann nicht«, sagte sie.
Der Junge zog eine Geldbörse mit wenigen zerknitterten Scheinen hervor und bezahlte.

Sie gingen in einigem Abstand nebeneinander her, begegneten hin und wieder versprengten Grüppchen, die zu den Demonstrationszügen gehörten, und während aus der Ferne Lärmfetzen und Parolen zu ihnen drangen, herrschte zwischen ihnen lähmendes Schweigen, das durch seinen gesenkten Kopf und die tief in den Taschen vergrabenen Hände noch unterstrichen wurde. Kurz vor dem Hotel beschloß das Mädchen, ihm noch etwas Tröstliches zu sagen.

»Ich habe einen fünfjährigen Sohn. Er wohnt mit mir in einem Zimmer.«

Er trat gegen einen unsichtbaren Ball und zuckte mit den Schultern.

»Dein Mann auch?«

»Nein. Ich bin verwitwet.«

»Also, was dann?«

Sie standen vor der Tür. Sie sagte:

»Gute Nacht.«

Er sagte:

»Gute Nacht.«

Und drehte sich brüsk um.

Das letzte, was das Mädchen von ihm sah, war sein wirrer Haarschopf, der an der Ecke mit der im Schrittempo herankriechenden Straßenbahn der Linie 11, Graça, verschmolz. Sie fischte sich eine Zigarette aus der Schachtel und zündete sie mit dem ersten Aufflammen des Streichholzes an.

Das Zimmermädchen lag auf ihrem Bett und las in einem Liebesroman.

»Alles in Ordnung«, sagte sie hastig. »Alles bestens.«

»Ist er nicht aufgewacht?«
»Nein, kein einziges Mal.«
»Ich weiß gar nicht, wie ich Ihnen danken soll.«
»Aber ich bitte Sie, Señora! War es schön auf der Plaza?«
»Ja«, sagte sie.
»Haben Sie einen kleinen Spaziergang gemacht?«
»Ja.«
»Neues Jahr, neues Leben, stimmt's?«
»Es war sehr schön.«
Das Zimmermädchen mußte plötzlich gähnen und versuchte es mit einem Trällern zu überspielen. Die junge Frau knöpfte sich die Bluse auf und legte die Zigarette auf den Rand des Aschenbechers.
»Um wieviel Uhr reisen Sie ab?«
»Um zehn. Wecken Sie mich doch bitte um acht.«
»Bestimmt. Und wohin fahren Sie, Señora?«
»Nach Berlin.«
Sie gab dem Mädchen an der Tür die Hand.
»Sie waren sehr freundlich. Ich danke Ihnen.«
»Bis morgen, Señora.«
Das Zimmermädchen ging hinunter und löschte das Licht an der Rezeption. Gerade als sie die Empfangshalle abgeschlossen hatte, bemerkte sie einen jungen Mann mit einer Nelke im Mund, der von draußen durch die Glastür spähte. Ohne ans Glas zu klopfen, bedeutete er ihr mit gekrümmtem Finger, noch einmal aufzuschließen. Neugierig, aber noch zögernd streckte das Mädchen den Kopf vor.
»Ein Fräulein«, sagte der Junge durch das Glas hin-

durch. »Ich habe ihren Namen vergessen. Sie hat einen Sohn.«

»Ja«, sagte das Zimmermädchen, »die Chilenin.«

»Chilenin?«

Der Junge sah sie verblüfft an und konnte gar nicht mehr aufhören zu blinzeln. Mit einer fahrigen Handbewegung strich er sich das Haar aus der Stirn.

»Ja genau«, sagte er dann. »Die Chilenin. Ich muß mit ihr sprechen.«

»Sie ist schon zu Bett gegangen.«

»Das macht nichts. Machen Sie auf.«

Das Mädchen schob den Riegel zurück und der Junge stürmte die Stufen hinauf.

»Passen Sie auf, sie schläft sicher schon.«

»Welches Zimmer?« rief der Junge vom zweiten Stockwerk herunter.

»Elf«, sagte sie, beugte sich über das Treppengeländer, und sah hinter ihm her.

Der Junge klopfte an die Tür, wartete aber die Antwort nicht ab. Er drückte auf die Klinke und drang in das Zimmer ein. Das Mädchen war nackt bis auf den schmalen Slip, den sie sich gerade über die Schenkel ziehen wollte. Der Junge trat unbeirrt näher, dann nahm er die Blume aus dem Mund. Er stellte sie in die Blumenvase zu den anderen Nelken. Er betrachtete die kleinen Brüste des Mädchens und vergrub seine Hände wieder in den Hosentaschen.

»Also«, sagte er, bevor er das Zimmer wieder verließ, »sag das beim nächsten Mal doch gleich.«

Setúbal, Portugal, 1975

Hochzeit

Im U-Bahnwaggon staute sich die Hitze, und der Junge, der am einzigen offenen Fenster saß, hielt seine Arme hinter dem Rücken verschränkt und tat, als studiere er eines der Werbeplakate.
Das Mädchen, völlig verblüfft, fand erst einige Zeit später die Sprache wieder.
»Geben Sie mir meinen Schuh zurück«, zischte sie.
Der Junge sah beiläufig zu ihr hin, runzelte die Stirn, machte die Beine breit, um ein besseres Gleichgewicht zu haben, und wandte sich mit ernster Miene wieder dem Plakat zu.
»Bitte!« sagte das Mädchen jetzt etwas lauter, »haben Sie die Güte, mir meinen Schuh zurückzugeben.«
Sie ist wirklich eine Schönheit, dachte der Junge. Wenn sie mich mit diesen halbgeöffneten Lippen noch einmal anspricht, schwöre ich, daß ich meine Finger in ihr Haar vergraben, ihren Nacken küssen, meine Zunge zwischen ihre Lippen drücken und auf der Stelle tot an ihrer Brust niedersinken werde.

»Bitte!« wiederholte das Mädchen. »Meinen Schuh!«
»Welchen Schuh?« Die beiden deutschen Worte rollten wie Felsbrocken zwischen seinen Zähnen hervor.
»Wie, welchen Schuh! *Meinen* Schuh natürlich. Was denken Sie denn?«
Mein Gott, was soll ich nur tun, dachte er. Entweder hat mich die Einsamkeit total verrückt gemacht und ich träume dies alles nur, oder ich habe mich wirklich und wahrhaftig in diese Frau verliebt. Er dachte, wenn sie jetzt einen Polizisten rufen und dieser den Lackschuh in der linken Hand hinter seinem Rücken finden würde, dann würde der ohnehin schon verschlungene Behördenweg seines Asylantrags mit Sicherheit in einer Sackgasse enden.
»Ich weiß nicht, was Sie meinen«, sagte er zerknirscht.
»Das ist doch wohl eindeutig, was ich meine«, fuhr sie auf, und stampfte mit dem unbeschuhten Fuß auf den Boden des Abteils. »Ich spreche von einem Ding, das Schuh heißt, einem Ding aus Leder, das man anzieht und mit dem man gehen kann.«
Er glaubte, die Worte zu verstehen, jede einzelne Silbe kam wie ein kleiner polierter Edelstein zwischen ihren explodierenden Zähnen und ihrer Zunge, deren feuchte Wärme er ahnte, ohne sie erst mit seinen Lippen berühren zu müssen. Hätte mein Deutsch nur ein Fünftel von deiner Glut, dann ließe ich diesen Zug vor lauter Poesie in die Lüfte entschweben und wir

feierten Hochzeit inmitten der Vögel und Wolken, meine Geliebte, dachte er auf spanisch.
»Meinen Schuh! Geben Sie mir meinen Schuh zurück, Sie unverschämter Kerl!«
Er schob den Schuh unbemerkt in seine hintere Hosentasche, zeigte seine jetzt leeren Hände unschuldsvoll vor, betrachtete seine Handflächen, als wolle er sagen, hier nichts drin und da nichts drin, und hob sie gen Himmel, den Allerhöchsten um Nachsicht für die Verleumdung bittend, deren Opfer er geworden war. Dann ließ er eine Hand wieder sinken und kam, unfähig, irgend etwas in irgendeiner Sprache zu sagen, zu dem Schluß, daß das Ausdrucksstärkste, was er bringen könne, eine Mischung aus Kopfnicken und Lächeln sei. Er tat beides. Doch ein Lächeln ohne Gegenlächeln konnte er nicht lange durchhalten, und schon nach wenigen Sekunden hatte er das Gefühl, mit seinem zwanghaften Grinsen idiotisch auszusehen. Das Mädchen wippte ungeduldig mit dem unbeschuhten Fuß und sah sich, vielleicht auf der Suche nach Beistand, zum ersten Mal im Abteil um. Der Wagen war jedoch leer wie ein Fußballstadion an einem Werktag. Der nervöse Rhythmus ihres Fußes erschien ihm wie ein Tanz. Er mußte den plötzlichen Wunsch unterdrücken, niederzuknien, den Fuß wie einen verletzten Vogel zärtlich in seine Hände zu nehmen, mit brennender Wange die Ferse zu liebkosen und inbrünstig den kleinen Zeh zu küssen, der der einzige war, auf dem ein Tröpfchen rotglänzenden Lacks leuchtete.

Mit einer brüsken Kopfwendung starrte sie in den U-Bahnschacht hinaus, und der Junge befürchtete, sie könne an der nächsten Station aussteigen, mit hochmütiger Geste ihren Schuh dem unverschämten Fremden überlassen und wundervoll hinkend über den Bahnsteig entschwinden, während ihr Schuh in seinen Händen dahinschmölze wie eine Opferkerze in der Kirche. Wenn er sie nicht verlieren wollte, mußte er sprechen. Er mußte ein deutsches Wort herausbringen; um jeden Preis.
Heiliger Schutzengel, steh mir bei, dachte er. Wenn mir die Sprache versagt oder eine Unbesonnenheit herauskommt, werde ich sie für immer verlieren. Mach, daß ich liebenswürdig bin, verführerisch und klug. Verlaß mich nicht, mein heiliger Scheißengel. Laß das Deutsch glöckchenhell über meine Lippen sprudeln, wie die Wasser eines Quells so anmutig sich über meine Zunge ergießen, daß Goethes Sonette dagegen hinken und Bruno Ganz vor Neid erblaßt, mach, daß sie mich mit diesem Stück barfüßiger Sonne nicht ins Gesicht tritt.
Dann überspielte der Junge seine Angst, kniete vor ihr nieder, hob traurig seinen Blick, versenkte ihn in ihre Augen, lächelte sie verzweifelt an und versuchte, es ihr zu sagen. Das Mädchen wies sein Lächeln auch diesmal zurück, rutschte auf ihrem Sitz zur Seite, schlug das rechte Bein über das linke, kam dabei mit ihren Brüsten ein paar Zentimeter näher an den Jungen heran und streifte vielleicht unabsichtlich mit einer Hand sein Haar. Der Junge hätte diesen Aus-

rutscher gern als Liebkosung verstanden, und obwohl seine Schläfen glühten und seine Augen feucht waren, hielt er die Tränen zurück und zog einmal kräftig alles hoch, was ihm in der Nase saß.
Ich muß wenigstens ihren Namen wissen, dachte er. Bevor ich ihre bleichen Wangen streicheln kann, muß ich wissen, wie sie heißt. Aber sie wird mir ihren Namen niemals sagen. Ihn in meiner Anwesenheit auszusprechen, heißt für sie sicher, ihn zu entwerten, ihn zu verraten, ihn zu verschenken. Wenn mir die Worte doch nur so kämen wie die Tauben und Kaninchen aus den Zylindern der Zauberer, wie die Schlangen aus den Körben der Schlangenbeschwörer, wie die rostfreien Klingen aus den schäbigen Koffern der Straßenhändler oder wie der Schaum auf den heimatlichen Wellen von Antofagasta. Wäre ich doch nur Tänzer, witzig, wortgewaltig oder wenigstens Scharlatan! Die Sache ist einfach, würde ich mit einem verschwörerisch bestrickenden Lächeln sagen. Ihnen fehlt ganz offensichtlich ein Schuh. Hätten Sie zwei, würde Ihnen nichts fehlen, denn normalerweise trägt man zwei Schuhe gleichzeitig und geht nicht teilweise unbeschuht, wie das bei Ihnen der Fall ist. Sehen Sie sich zum Beispiel die Füße an, die meinen Körper tragen, und zählen Sie die Zahl der Schuhe, in denen ich mich fortbewege, ohne davon viel Aufhebens zu machen, einen und zwei, das ist es, was sich gehört. Alle Welt wird Ihnen das bestätigen. Leute wie Sie, mit nur einem Schuh, sind überaus merkwürdig.

Das geht alles schief, dachte er aber gleich darauf. Das war eine zu gewagte Nummer. Das hätte ich nicht tun dürfen; nicht einmal denken. Jetzt wird sie ihren zweiten Schuh ausziehen, ihn mir über den Kopf hauen und mir als einziges Andenken eine Gehirnerschütterung hinterlassen. Und der Zug wird gleich am Südstern halten, die Türen werden aufgehen, wahrscheinlich wird ein Haufen Schüler hereingestürmt kommen und eine griesgrämige Alte mich beim Schaffner anzeigen. Er faltete seine Hände im Schoß und dachte an einen Kinderreim aus früheren Tagen: »Eins, zwei, drei, vier, was kann ich dafür. Ich bin so verliebt, jetzt hab' ich's versiebt.«
Die Türen des Zuges schlossen sich wieder, niemand war zugestiegen, der Aufsichtsbeamte rief: »Zurückbleiben!«, und das Mädchen forderte mit wortloser Geste die Rückgabe ihres Schuhs. Er sah sie mitleidsvoll an, aber auch ein Stück verliebter noch als zuvor. Erleichtert fühlte er den kühlen Luftzug, der aus dem Tunnel kam und ihm die Schweißtröpfchen in den Wimpern trocknete.
»Jetzt hören Sie mir mal gut zu«, sagte sie schneidend.
»Ja, mein Liebling«, antwortete er schweigend.
»Ich möchte, daß Sie mir jetzt meinen Schuh zurückgeben. Ist Ihnen nicht klar, daß es eine Gemeinheit ist, den Leuten die Schuhe zu stehlen?«
»Was soll ich dazu sagen?« brachte er auf deutsch heraus. Ich bin ganz Ihrer Meinung. Den Leuten die Schuhe zu stehlen ist überhaupt nicht fein. Soll ich

Ihnen sagen, was ich von Leuten halte, die Schuhe stehlen? Diebe sind das! Und soll ich Ihnen sagen, was ich außerdem glaube? Daß wir miteinander glücklich werden, das glaube ich. An deiner Station steigen wir aus. Bis dahin weiß ich schon, in welchem Viertel von Berlin du geboren bist, wie dein Vater heißt, mein lieber Schwiegervater, und deine Mutter, mein Schwiegermütterchen, und deine Schwester, meine kleine feine Schwägerin. Ich werde heute die Zimmermiete nicht bezahlen. Wir gehen in einen Plattenladen und kaufen eine Schallplatte, und ich werde hinter dir stehen und dich küssen, während du deine Musik aussuchst, die Musik, die dir gefällt, irgendeine Musik, jede Musik ist gut, ist phantastisch. Ich lasse dich meine Wärme spüren, blase dir meinen Atem ins Ohr, während du dir die Titel durchliest, und streife wie zufällig über deine Brüste, wofür ich mich nicht mehr entschuldigen muß, da du mir wenigstens einmal schon mit der Hand in mein Hemd gefahren bist. Willst du wirklich wissen, was ich denke? Ich denke, daß ich meine Nase in deinen Nabel versenken werde, auf ihr wie ein Drehkreuz um deinen ganzen Körper kreisen werde, ein Jahrhundert meines Lebens werde ich in den Abgrund stoßen, und deinen Geruch in mich hineinsaugend, werde ich dich mit den schönsten aller Namen taufen, wenn wir morgen früh im rosenroten Bad des Hotels uns duschen und uns mit rauhen Kehlen und trockenen Mündern küssen und halbnackt auf den Balkon hinaustreten, um unsere Körper im Licht des neuen Tages zu betrachten. Ich werde nicht zur Arbeit gehen. Was also soll ich jetzt tun mit deinem Schuh? Soll ich ihn vor deinen Augen verspeisen zum Zeichen meiner Liebe? hätte er ihr gesagt.

»Sie brauchen mir gar nichts zu sagen. Sie sollen mir nur meinen Schuh zurückgeben. Nur weil Sie Ihre beiden Schuhe noch an den Füßen haben und daher keine Erkältung zu fürchten brauchen, glauben Sie wohl, spaßig sein zu können.«

Da stand der Junge auf, aus seinem Gedankenflug gerissen, da aus seiner Liebe eine Frage von Viren und Mikrobenkulturen gemacht worden war, setzte sich niedergeschlagen an ihre Seite, näherte seine Lippen nach einer Sekunde des Zögerns ihrem Ohr, und seine Zähne klapperten vor Aufregung, als hätte er sie gerade geküßt.

»Verstehe«, sagte er.

Er bückte sich, löste die Bänder seines linken Schuhs, zog ihn aus und gab ihn dem Mädchen, ohne eine Miene dabei zu verziehen. Sie nahm ihn leise lächelnd entgegen und fuhr mit ihrer Hand so behutsam über das Leder, daß er glauben wollte, sie streichele ihn.

»Meine Prinzessin!« schrie er auf spanisch.

Das Mädchen horchte mißtrauisch auf die unverständlichen Töne, deutete mit hochgezogenen Schultern an, daß sie nicht die Bohne verstehe, hob dann den Schuh vor ihre Augen und steckte den Zeigefinger durch ein riesiges Loch in der Sohle. Dann zog

sie ihn wieder heraus und sah den Jungen durch das Loch hindurch an.
Aus, dachte er verzweifelt und hätte sich am liebsten geohrfeigt. Ich habe ihr den kaputten Schuh gegeben, mein verdammtes Pech! Jetzt denkt sie, ich sei irgendein Penner oder Bauchladenverkäufer. O Scheiße, verdammte!
Er legte ihr die Hände auf die Schultern, und als sie den Schuh sinken ließ und ihn mit einer erwachenden Neugier ansah, die jetzt tief drinnen ihre Verwirrung aufzulösen begann, sprach er zu ihr in seiner Sprache und betete zu allen Göttern, daß sie ihn verstehen möge.
Denk nicht, daß ich verrückt bin. Denk am besten gar nichts im Moment. Bevor du anfängst, über mich nachzudenken, komm mit zu mir auf mein Zimmer. Mögen die Engel des Himmels mir nur ein einziges Jahr mit dir geben, danach kannst du von mir denken, was du willst, kannst mich auslachen, mich vernichten, dich mit einem anderen in mein Bett legen, wenn ich bei dir versage, doch jetzt gib mir die Chance, dich zu erleuchten, dir zu zeigen, wozu ein hungriges Tier voller Träume und ohne Ambitionen fähig ist. Sogar in deiner Sprache zu sprechen wäre ich fähig, wenn du mir nur ein Zeichen deiner Bereitschaft gäbst, mich anzuhören. Urteile nur heute nicht über mich, meine Liebste. Sei rein, sei klug, laß den Schnellzug nur dieses eine Mal auf deinem Provinzbahnhof halten, wo die blauen Prinzen fliegen und die bunten Vögel zwitschern; wärme dich langsam

auf, bis du in unwiderstehlichem Fieber schwimmst, versuche, mich nicht zu sezieren, zu katalogisieren und in deinen Schulheften zu archivieren, in dem Tagebuch deines Lebens, als den seltsamen Jungen, der dir deinen Schuh stahl in der U-Bahn der Linie I nach Kreuzberg; mach aus mir keine Anekdote, die du heute abend deiner besten Freundin am Telefon erzählst. Halte durch, bis dieses Schweigen eine Form annimmt, denn dann werde ich unverwundbar sein, und du wirst mich nicht mehr vernichten wollen.
Und dann, als hätte ein himmlisches Heer tatkräftiger und wohlmeinender Engel sein Gebet erhört, lehnte das Mädchen seinen Kopf gegen die metallene Lehne der Sitzbank und forderte ihn mit halbgeöffneten, schwindelerregend feuchten Lippen auf, sie zu küssen, und seine Lippen, seine wildernde Zunge berührten sie, und er küßte sie und streichelte ihre Brüste durch die Bluse hindurch, und sie legte ihre Arme um seinen Nacken, ihre warmen Arme, die ihn jetzt ganz bedeckten, und spräche sein Mund jetzt, so sagte er Haus, sagte Geliebte, sagte Frühstück um sieben, lachte zwischendrein aus vollem Halse, sagte Duft deiner Haare, sagte dein Körper, Liebste, in dessen Falten und Glätten er das Ende des Weges erreichte, in dessen wogendem Galopp er wiedergeboren würde wie aus einem Alptraum erwachend, nachdem er sich in der Pizzeria in der Kantstraße den Arsch aufgerissen und für ein paar Mark die Essensreste von den Tischen geräumt, lädierte Ketchupkartons in seiner Faust zerquetscht, Bier- und Chianti-

pfützen aufgewischt und zusammengeknüllte Servietten vom Boden aufgelesen hatte, um sich dafür die Berechtigung zu erkaufen, in seinem Hotelverschlag die Kakerlaken auszurotten, die allerhöchste Ehre, über ein Lager mit quietschenden Sprungfedern zu verfügen, auf dem er sich ausstrecken und mit an die Wand geheftetem Blick, seine Nägel in der Matratze vergraben, unsere tägliche Einsamkeit in die himmelblaue Waschschüssel hineinkotzen konnte, die neben ihm auf dem Nachttisch stand, während die Pakistani von nebenan mit den Fingernägeln an seiner Tür kratzten und ihm durchs Schlüsselloch zuwisperten, *was ist los mit dir, Chilene?*, die phantastische Möglichkeit, ein paar Holzdielen zu mieten und die in Plastikschuhen mit durchgelaufenen Sohlen zerschlissenen Socken daraufzuwerfen, seine geschwollenen Füße zu betrachten, rot und heißgelaufen von endlosen Märschen über den Asphalt des Ku'damms, das Gesicht gepeitscht vom Neonlicht, das die Straße und die Schminke der Huren auf der Potsdamer Straße belebt, ohne eine Menschenseele, ohne je eine einzige Menschenseele zu haben, nicht einmal ein zerknittertes Stück Papier in der Hosentasche mit jemandes Namen darauf, den er hätte anrufen können, absolut niemanden, dem er eine Schallplatte von Violeta Parra schenken könnte, gekauft im Elektrola Musikhaus, in dem Sophie Braun längst nicht mehr arbeitet und auch der Schauspieler aus Nixpassiert nicht mehr anzutreffen ist, der jetzt mit einem polnischen Bilderfälscher zusammen in der Zelle eines Hamburger Gefängnisses schmachtet; so weiterzumachen, immer so weiterzumachen wie jetzt, keines Vokabulars mächtig, mit dem er das Schweigen entweihen könnte, das ihm wie die Pest den Leib aufbläht, ihm verwehrt, der feurige Liebhaber, der ausgelassene Junge oder revolutionäre Fremde zu sein, immer so weiterzuleben wie bisher, ohne die schlummernde Kraft seiner Stimme entwikkelt zu haben, um jetzt seinen Schutzengel anzurufen, daß er zurückkomme zu ihm, um seinen Protest hinauszuschreien, weil er ihn vergessen und sich zwischen den Kondoren und Adlern der Anden verloren hatte, Schicksal, Glück und Unglück dabei über die Schaumkronen des Pazifiks aussäend und sich schmachtend über die Trauerweiden in der Zentralebene von Chile ergießend, blind vor Tränen und vom Pulverdampf in den Straßen Santiagos, und so weiterleben zu müssen, hier, aufgeputscht von zwei Gläsern Bier im Leib, die ihn jetzt nicht mehr weiterbringen, und der Untergrundzug, der Raupenzug, der Tempelzug, der Todeszug, der Weltuntergangszug, der gleich in die Endstation einfährt, und er, der Junge mit dem Schuh in der rechten Hand hinter seinem Rücken, wird wieder die Stimme des Mädchens vernehmen, das seinen Schuh zurückverlangt, und während er noch vorgibt, die Reklametafel zu lesen, wird er verzweifelt versuchen, sein Spanisch in ein warmes, tiefes Deutsch zu verwandeln, um ihr seinen eigenen Schuh anzubieten, als Geschenk und als Symbol der Hochzeit.

Vom Blut zum Treibstoff

Ein diesiger Morgen in Rom. Zehn Jahre alte Kinoerinnerungen für den Fahrgast im Taxi. Ein bißchen Antonioni auf den Straßen. Im nachhinein betrachtet hätte der Knall des platzenden Reifens eine Vorwarnung sein können. Der Fahrer wechselte das Rad, unvorsichtig, viel zu dicht an der Fahrbahn. Dasselbe Durcheinander wie ganz Rom; seine überschäumende Lebendigkeit, seine kaputten Telefone, die Massen von Priestern und Soldaten in allen Straßen.

12.15 Uhr am Flughafen. Ein eintöniges Kreisrund aus Glas und Metall, Kiosk an Kiosk voll herrlichem nutzlosem Tand, gleichgültig angestarrt von Geschäftsleuten, blassen Jünglingen und Kreuzfahrern aus den USA, die ihre Jugend in einem Europa lassen, das sich Tag für Tag selbst reproduziert. Und weiße Dschellabas in feierlichem Überfluß.

LH 303. Die grüne Bordkarte. 1 000 Lire Flughafengebühr und die Stimme des Flughafenangestellten: »Ausgänge 10 und 11. Der Flug hat ein wenig Verspä-

tung.« 10 und 11 LH 303, 12.35 h! Zahlen, an denen fiebernde Erwartung abprallt; Chiffren, mit denen sich die moderne Gesellschaft wie auf einem Foto selbst fixiert. Die süße Präzision einer Welt von Generalen und Generalbevollmächtigten. Ein Planet, ein kompakter Körper, nur voller Treibstoff anstelle von Blut. Geschmeidig fließt die Flüssigkeit aus den unterirdischen Tanks in die Maschinen am Boden. Ich dachte an das alte Lied von Frankie Laine in »Blowin' Wild« (ganz recht, mein Freund, mit Gary Cooper und Barbara Stanwyck!): *And this girl loved me back, loved me more, more than black gold,* und in diesem Flughafen mit seinen automatischen Türen fragte ich mich mit leiser Skepsis, ob heute noch ein Mensch so geliebt wurde wie das schwarze Gold.
Ich sah die Lufthansamaschine aufsetzen, als in den Lautsprechern noch der letzte Aufruf für den PanAm-Flug brodelte. Neiderfüllt sah ich die Passagiere von LH 303 aus dem Flugzeug steigen, mit einem Blick, mit dem der Abreisende die Ankommenden betrachtet. Ich dachte, daß es noch einige Zeit dauern könne, bis man uns aufrufen würde, und spielte mit dem Gedanken, mich im Restaurant mit einem Teller Ravioli zu stärken, verwarf dann die Idee aber wieder. Rom hat mir noch nie Glück gebracht, und auch meine hoffnungsvoll in die Fontana di Trevi eintauchenden Münzen waren für die Kapricen meines Schicksals nie großzügig genug bemessen gewesen. (Es war ein Kinotag. »The Four Aces«? Romanticolor mit Clifton Webb?) Ich beschloß, schon mal zur

Handgepäckkontrolle und durch den schmalen Türrahmen des Metalldetektors zu gehen. Ein Unterfangen, das einer gewissen Spannung nie entbehrt und das wir alle mit einem Anflug von Stolz hinter uns bringen. Der Sicherheitsbeamte klopfte auf die Münzen in meiner rechten Hosentasche. Klingelnder Gesang.

»Money«, sagte er. Ich lächelte ihn an. Ich bin immer ausgesprochen freundlich zu Leuten, deren Beruf ich um keinen Preis der Welt ausüben möchte. Mein Lächeln lockte ihn aus seiner Reserve, und als ich weiterging, seufzte er: »Money, money, money«.

Und dann der tastende Blick über die anderen Fluggäste. Ein paar bekannte Gesichter; dieselben, die ich schon einige Tage zuvor auf dem Filmfestival von Sorrent gesehen hatte. Aufrecht, schlank und aufgeputzt wie ein Fotomodell lehnte eine Frau an der Fensterfront, die auf das Flugfeld hinausging. Ich dachte, daß ich sie gerne kennenlernen würde, daß sie vielleicht eine Schauspielerin sei, die hier im Flughafen ihren Festivalkater ausschwitzte. Da kam eine andere Frau durch die Kontrolle, von der ich *wußte*, daß sie Schauspielerin war. Sie ächzte unter der Last ihrer Affektiertheit, und gleich, als ich sie ansah, erinnerte ich mich, wie sie im Flughafen von Neapel mit irgendeinem französischen Laffen Adressen getauscht hatte. Ich erinnerte mich an sie, weil sie während des Gesprächs mit dem Kerl unsäglich zwanghaft ihre Sonnenbrille immer auf und abgesetzt hatte. Zum Rest der Gesellschaft fällt mir nichts mehr ein:

Menschen, die wie ich der dumpfen Masse bedeutungsloser Passagiere angehörten.
Plötzlich fiel mir ein, daß ich im Badezimmer des Hotels mein Lieblingshemd vergessen hatte. Ich hätte es nur ungern verloren, und mir fiel ein, daß ich einen Freund im Hotel anrufen konnte, damit er es mir nach München schickte. Ich ging zum Ausgang zurück, auf den elektronischen Detektor zu. In der Zeitung las ich am nächsten Tag, daß es genau 12.51 Uhr gewesen war.
LH 303, 12.35 Uhr Ausgang 10 hatte jetzt 16 Minuten Verspätung. Ich glaube, ich tat gerade den ersten Schritt auf den Ausgang zu. Oder den ersten Schritt zurück. An der Schwelle des schmalen Detektorrahmens stauten sich die Menschen.
Und dann der Schuß. Erst einer. Dann noch einer und noch einer und noch einer. Und das Zersplittern von Glas. Das hektische Krachen von Explosionen. Ich hatte noch nie in das Mündungsfeuer einer Waffe gesehen. Im Kino, klar. War überhaupt schon eine Sekunde vergangen?
Immer noch auf den Beinen, links neben mir die Fensterfront der Wartehalle, dachte ich einen Augenblick, die Schießerei hätte vielleicht mit der Entführung von Paul Getty jr. zu tun, den die Mafia gerade zwei Tage zuvor in Neapel freigelassen hatte. Ich dachte, es wären die Gangster auf der Flucht mit dem Lösegeld. Oder vielleicht ein Banküberfall. Jedenfalls hegte ich einen Moment lang die absurde Überzeugung, daß alles gleich vorüber sei. In keinem Film

läßt die Polizei die Banditen auf dem Flughafen noch entwischen. Wie um meine Gedanken Lügen zu strafen, ging die Schießerei jetzt erst richtig los. Ich sah, daß die Wartenden in der Halle sich fast alle zu Boden warfen. Ich hatte den Eindruck, daß wahllos herumgeschossen und auf niemand Bestimmten gezielt wurde; daß die Kugeln auf gut Glück herumschwirrten. Da warf ich mich lang auf den Boden, den Kopf hinter einem Metallständer verschanzt.

Ich blickte hinter mich und sah die Panik. Ich begriff plötzlich, warum keinem Regisseur diese Szenen gelingen. Panik ist lautlos. Panik ist eine frenetische Stille, die sich aus den Augen, aus verzerrten Mündern und zuckenden Nasenflügeln ergießt. In der Panik sind wir allesamt Kinder ein und derselben Endzeitstille. Bestürzte Kinder von Mutter Stille und Vater Revolver, mit einem Ausdruck im Gesicht, der sagen will: »Und das muß *mir* passieren, dem Fluggast, dem achtbaren Bürger, dem ehrbaren Geschäftsmann, der pünktlich seine Schulden zahlt.« Mit eingezogenen Köpfen warteten sie alle, daß irgendwer von irgendeiner Fluggesellschaft entschlossen, pünktlich und uniformiert herbeieile und die kleine Störung des normalen Ablaufs der Dinge für sie beseitigte: »Hier entlang bitte, please, prego, por favor, s'il vous plaît«.

Und die Problematik der Panik ist keineswegs metaphysischer Art. Den Bauch auf den kalten Boden und die Wange an die Fliesen gedrückt, fragte ich mich, ob mir das Möbel, hinter dem ich mich verbarg, wirksamen Schutz vor den Kugeln gewähren könne. Ich kam zu dem Schluß, daß nicht. Daß Kugeln Leichtmetall genauso durchschlagen wie Holz oder menschliche Körper. Daß wir am Boden lagen, weil wir so zwar schwieriger zu treffen waren, uns jedoch keineswegs in Sicherheit befanden. Es war nicht auszuschließen, daß sie auch auf den Boden zielen würden. Wir hatten noch nicht die Zeitungen des nächsten Tages mit dem Massaker von Fiumicino auf der ersten Seite. Namenlose Projektile mit zufälligem Ziel, das auch mein Kopf sein konnte.

Die Schießerei erreichte ihren Höhepunkt, und die Schüsse hallten dröhnend im zerbrechlichen Gehäuse des Wartesaals wider. Ich spürte, daß uns alle das gleiche Gefühl beherrschte. Daß ein Krieg zwischen der Polizei und »den anderen« genau in unserer Halle stattfand und erst enden würde, wenn wir alle mit entseelten Leibern dalägen. Ich hob meinen Kopf ein wenig und sah nach hinten.

Und da sah ich diesen Mann stehen. Die Hände beinahe in den Hosentaschen, beinahe wie mit einer Kippe zwischen den Lippen an die Mauer seiner Lieblingsstraßenecke gelehnt, gedankenverloren und völlig gebannt von der Schießerei, als fände sie in einem fremden Lande statt, mit leicht belustigt hochgezogenen Brauen, als dächte er, das ist ein Bluff, die nehmen uns hier hoch, das ist »Vorsicht Kamera«, das sind die Gedankenblitze eines jungen, wahnsinnigen Regisseurs.

Mein Aufschrei und die Kugel, die neben ihm einschlug, holten ihn aus seinem Traum. Da warf er sich auf die Erde und kroch zu der Säule. Und jetzt, jäh, ging die ganze Frontscheibe IM KUGELHAGEL ZU BRUCH! Unmittelbar darauf drückte ein massiger Mann mit hellem Regenmantel das Glas mit seinem Körper vollends ein und sprang durch Ausgang 10 auf den Laufgang, der zu den Flugzeugen führte.

Ich bekam Angst, als ich das sah. Ich fühlte mich mit etwas sehr Gefährlichem, Unbegreiflichem konfrontiert. Ich drückte mich noch flacher auf den Boden. Ich wollte jetzt nichts mehr sehen. Dann die Stille. Eine Pause, die endgültig schien. Hinter mir kauerten fünf Menschen hinter der Säule, unter ihnen ein sechsjähriges Kind. Wir erhoben uns schweigend und krochen ein Stück zurück. Jetzt hörte man dröhnende Explosionen von draußen. Keine Schüsse, eher wie Granateneinschläge. Irgendwer brüllte auf deutsch irgendwas von Flugzeugen. Ein weiterer Kugelhagel ging in der Halle nieder, kam diesmal von den Parkboxen der Flugzeuge. Ich riß den Kleinen an mich und deckte ihn mit meinem Körper. Dann fiel mir ein, daß es nutzlos sei, daß die Projektile zwei, drei, tausend Körper durchschlagen konnten.

Inmitten des wahnsinnigen Getöses bedeutete uns ein Angestellter irgendeiner Fluggesellschaft gestikulierend, zu einer Glastür an der Rückwand zu rennen. Sie führte auf einen Gang, ähnlich dem, der zu den Flugzeugen führte, nur in die entgegengesetzte Richtung. Die Leute stürzten zur Tür. Das Kind war jetzt

bei seinem Vater. Bald rannten alle über den Gang, der aus dem Flughafen herausführte.
Ich blieb, wo ich war, duckte mich und dachte, daß es vielleicht unklug sei, jetzt zu rennen. Daß sie vielleicht auf die, die jetzt *rannten*, schießen würden. Die Polizisten oder sonstwer. Lächerlicherweise entschied ich mich dann für eine Gangart, um die mich Peter Sellers beneidet hätte. So etwas zwischen Laufschritt und beginnendem Trab. Ich erinnere mich, daß mir in diesen paar Sekunden die Floskel einfiel: »Auf der Flucht erschossen«; diese Floskel, mit der von hinten erschossene Gefangene gerechtfertigt wurden. Dieser Teil des Gangs füllte sich jetzt mit Leuten, die aus den Maschinen geflüchtet waren. Hier hörte ich zum ersten Mal, daß ein Flugzeug gebrannt hatte. In meiner flachen Bauchlage in der Glashalle hatte ich von dem Überfall auf die Flugzeuge nichts mitbekommen. Doch jetzt sah ich die Folgen des Attentats. Frauen in zerfetzten Kleidern, schreiende Verwundete, die sich mit verrenkten Gliedern und verzerrten Gesichtern dahinschleppten.
Wir gelangten in einen Seitenflügel des Flughafens mit mehreren kleinen, spärlich möblierten Sälen. Plakate an den Wänden. Auf dem größten der herumstehenden Sofas saßen zwei Frauen und weinten hemmungslos. Eine von ihnen presste die Hände auf ihren Bauch, als sei sie schwanger. Ein Japaner, der sich an seinem Handkoffer festhielt, trat zu mir und fragte mich auf Englisch: »Meinen Sie, daß es noch lange dauern wird, bis sich das hier wieder normalisiert?

Wissen Sie, wann ein Zug nach Mailand fährt? Wissen Sie, wie lange er braucht?«
Ich zuckte die Achseln. Der Vater und sein Sohn kamen herein. Der Mann setzte den Jungen auf einen Stuhl und klopfte ihm den Staub von den Knien. »Da hast du aber Glück gehabt, daß dein Papa bei dir war, was?« sagte er zu dem Kleinen. Das Kind lächelte. Sein Vater streichelte ihm über den Kopf.
In diesem Moment kamen zwei schwerfällige Deutsche herein, die in den Skiurlaub nach Österreich wollten oder gerade davon zurückkamen. Der eine, hundertfünfzehn Kilo Lebendgewicht, hatte Ölflekken auf seinem weißen Regenmantel. Der andere war korpulent und hatte einen stoppeligen Dreitagebart. Ein Grieche mit krausen Haaren und angeberischem Gehabe fing einen wüsten Streit mit dem großen Deutschen an, wovon ich allerdings kein Wort verstand. Ich weiß nur noch, daß der Riese uns irgendwann beifallheischend ansah und auf englisch »Radikale Mörder!« brüllte. Ich wunderte mich über den Ausdruck »radikal« in diesem Zusammenhang, da ich die »Radikalen« von Chile her als eine politische Kraft der Mitte kannte. Der Dicke mit dem Stoppelbart beschrieb einen »von denen« und machte dabei eine Bewegung, als feure er eine Maschinenpistole ab. Eine der Frauen hörte auf zu weinen und sah mich nervös lächelnd an.
Zwei Polizisten steckten ihre Köpfe durch die offene Tür und rannten gleich weiter. Ich hatte den Eindruck, daß das die ersten Polizisten waren, die ich

hier sah. Ich zweifelte sogar daran, daß die Polizei sich an der Schießerei überhaupt beteiligt hatte. Der stoppelbärtige Deutsche zog einen Flachmann mit Whisky aus der Tasche und reichte ihn großzügig herum. Außer dem Japaner tranken wir alle einen Schluck. Ich wollte von jedem einzelnen wissen, was er gesehen hatte. Schon bald stellte ich fest, daß Panik auch blind ist. Niemand hatte etwas gesehen. Alle erinnerten sich an das Ereignis als solches, aber nicht an ein einziges Detail. Sie hatten sich nur auf ihre eigene Todesangst, ihre eigene Hilflosigkeit konzentriert.

Eine halbe Stunde später verließen wir den Raum. »Alle zusammenbleiben!« rief der dicke Deutsche, der den Organisator machte. Wir gingen um den hinteren Teil des Gebäudes herum und sahen nach wenigen Schritten den Haupteingang des Flughafengebäudes. Hunderte drängten sich vor den Glastüren, die von Polizisten bewacht wurden, und oben auf den Stegen. Unterwegs gab es ein ungeschütztes Stück, eine gefährliche Öffnung zum Ort der Schießerei hin. Ein Polizist machte uns Zeichen, diese Stelle zu meiden und weiter an der Frontseite des Gebäudes entlangzugehen. Es mußte ungefähr 13.30 Uhr sein. Jetzt trafen Dutzende von Polizeiautos ein. Löschfahrzeuge. Militär. Und Ambulanzen. Viele Ambulanzen. Die alten Araber setzten sich stumm auf die Erde und auf die Bordsteinkanten. Ich ging zu der Schauspielerin, die sich gerade mit der schlanken Frau unterhielt. Ich machte eine dümmliche Bemerkung, damit sie mich in ihrer Welt unterbringen konnte: »Dieser Film ist in Sorrent aber nicht gezeigt worden.« Sie sah mich mit distanzierter Überraschung an. (Erst zwei Stunden später stiegen meine Aktien bei ihr, als ich sagte, daß ich einen Film mit ihr im Fernsehen gesehen hätte und daß er mir gefallen habe.) Langsam bekam ich mit, was die Leute redeten. Aus den Versionen mehrerer unglaubwürdiger Zeugen konnte ich mir ein Bild des Geschehens machen. Die Toten wurden zwischen zehn und hundert geschätzt. In diesem Augenblick stieß die entführte Lufthansamaschine in den schwarzen Himmel, und wir sahen lange, lange hinter ihr her, bis sie entschwand. Danach senkten wir den Blick, sahen uns forschend in die Augen, und jeder erriet die Bestürzung des andern.

Niemand rührte sich. Niemand hatte einen Vorschlag zu machen. Alle murmelten: »Die Fluggesellschaft müßte was unternehmen.« Die dumpfe Stille nach dem Sturm. Zwei Stunden nach dem Massaker interessierte der Tod kaum noch; auch nicht wer, wie viele, warum, der Ausgang des Dramas, nichts. Jetzt dachten alle nur daran, daß sie müde waren, daß sie Hunger hatten und aufs Klo mußten. (Wo, wo?) Und daß die Fluggesellschaften nichts unternahmen. Weder die deutsche noch die japanische, noch die französische.

Plötzlich, ganz plötzlich, waren sie nicht mehr die Überlebenden einer Katastrophe, sondern nur noch empörte Passagiere. Besorgt um ihre Verdauung, ihre

Schminke, ihre Koffer. Und dann geschah etwas Merkwürdiges, was vielleicht zu den Kapricen Roms gehörte und nur hier passieren konnte. Die Wachen öffneten einen der Zugänge zum inneren Teil des Gebäudes. Das war zuviel. Araber in weißen Turbanen, stattliche Neger, gebrechliche Alte und kräftige US-Boys schoben sich zu einer gewaltigen Woge zusammen, drängten zum Schild mit der Aufschrift »Paßkontrolle« und hatten sich in weniger als einer Minute zu einer grausam gierigen Schlange formiert, hungrig nach Flugzeugen, dürstend nach Sicherheitsgurten, nach »No Smoking«-Anzeigen, nach zollfreiem Whisky und Zigaretten.
Ich hätte heulen mögen. Der Flughafen von Rom war zu einer schrecklichen Metapher des ganzen Planeten geworden, seiner Rassen, ihrer Kulturen, ihrer Kleidung, ihrer Träume, und jetzt, gerade jetzt, als etliche von ihnen tot waren, weil einige von ihnen sie getötet hatten, hatte diese Menschheit, dieses vielfältige Wesen, weder Zeit noch Lust, noch das Bedürfnis, das eben erlebte Entsetzen zu verarbeiten. So schnell waren alle wieder bei ihren eigenen Bäuchen, ihren Koffern, ihren Wallfahrten zur Verherrlichung unbegreiflicher Götter!
So schnell vom Blut zum Treibstoff!
Ich war wütend auf mich selbst. Weil ich einer Rasse angehörte, die noch Hoffnungen in mir weckt; trotz aller Massaker, die den Nahen Osten, Asien, Europa und mein verwundetes Chile verseuchen. Eine lange, tränenschimmernde Traurigkeit überfiel mich ob all

unserer kleinen Obliegenheiten, unserer sentimentalen Verpflichtungen, unserer in soziale und wirtschaftliche Sicherheit gebetteten Ideale.
Und dann passierte noch etwas. Durch den anderen Zugang zum Gebäudeinnern stürmte ein bewaffneter Polizeitrupp herein und schrie die Wartenden an, auf der Stelle zu verschwinden, wer ihnen erlaubt habe, hereinzukommen. Und jetzt überhastetes Gedränge zum Ausgang, Pässe in Händen, hechelnd, stolpernd, kratzende und beißende Meute. Wieder hinaus in den regenverhangenen Tag, zu hektisch inhalierten Zigaretten, trockenen Kehlen, Hunger und klebrigem Selbstmitleid.
Die Schauspielerin hielt schon die erste Nachmittagsausgabe der Zeitung in der Hand, und wir reckten die Hälse über ihre Schultern, um an ihren zierlichen Ohren vorbei die Schlagzeile zu lesen: MASSAKER IN FIUMICINO. Da machte sich ein zaghaftes Gefühl des Stolzes breit, zurückhaltend noch, doch schon jetzt unerträglich. Alle hatten der Zeitungsmeldung plötzlich etwas hinzuzufügen oder wußten was daran auszusetzen. In einer einzigen Stunde hatte sich jeder sein eigenes Heldenepos gedichtet. Plötzlich sahen alle aus wie müde Helden, wie alte Kämpen nach einer Schlacht, die sie weder verloren noch gewonnen, in der sie nicht einmal gekämpft noch überhaupt etwas gesehen hatten.
Um sechs war es dunkel. Die Frau gab mir ein Bonbon, auf dem ich gierig und traurig herumbiß. Die Schalter der Fluggesellschaften wurden geöffnet.

Niemand, der die Mädchen hinter den Schaltern nach ihren Kollegen aus dem entführten Flugzeug fragte, nach den Stewardessen, dem Piloten, nach der Maschine selbst. Sie wollten nichts davon wissen, es von sich fernhalten, wie man einen unangenehmen Zwischenfall verdrängt; ein kleines Abenteuer, das sie im Laufe der Zeit aufblasen und mythifizieren, bis sie für ihre Enkel schließlich die wahren Helden sein werden. Bis dahin werden wir wahrscheinlich vergessen haben, daß wir im Schalter fragten: »Wann geht die nächste Maschine? wo ist mein Gepäck? bezahlen Sie das Hotel? schicken Sie uns ein Taxi? zahlen Sie auch das Essen im Hotel?«
Ja. Sie brachten uns mit dem Taxi ins Hotel. Sie bezahlten auch das Essen. Und das Hotelbett. »Satelite Hotel.« Fünf Minuten vom Flughafen, zehn Minuten bis zur Stadt, heißt es in der Hochglanzbroschüre. In Wirklichkeit sind es fünfzehn Minuten vom Flughafen und eine halbe Stunde bis zur Stadt. Im Nirgendwo. Ein riesiges, gefräßiges Flugzeug, das nicht abstürzen kann. Im Restaurant zog sich das Abendessen in die Länge, und das Personal an der Rezeption verteilte fieberhaft Zimmerschlüssel und schrieb die Paßnummern auf. Die Telefone liefen heiß. Heute war das »Satelite« der Nabel der Welt. Die schlanke Frau machte mir im Restaurant ein Zeichen, ich sollte mich neben sie setzen. Sie erzählte mir, daß sie Psychologin sei. Ebenso vernagelt wie zuvor sagte ich, daß sie wie eine Filmschauspielerin aussähe. Sie, daß sie die ganze Zeit verzweifelt versu-

che, in München anzurufen. Ich, dieses und jenes über die Jugend von Berlin. Uns gegenüber nahmen dreißig Araber die ganze Länge des Tisches ein. An jedem zweiten Platz standen Flaschen mit Rotwein und Weißwein. Die Araber tranken Mineralwasser und warteten schweigend auf das Abendessen. Keiner von ihnen rührte den Wein an. Vom Tischende schwatzte ein riesiger Neger auf sie ein. »Ich glaube, ich träume«, sagte ein polnischer Schauspieler zu meiner Linken.

Als die Brathähnchen aufgetragen wurden, drehten die Araber abweisend ihre Teller um. Ein dicker Araber, der unsere leere Weißweinflasche bemerkte, gab mir seine.

»Sprechen Sie Spanisch?« fragte er. Ich nickte.

»Aha«, sagte er. »Ich spreche auch Spanisch.«

»Woher sind Sie?« fragte ich.

»Aus Marokko.«

»Aha«, sagte ich. »Ich kenne Quarzazate, zweihundert Kilometer südlich von Marrakesch.« Und dachte: ›Zwei Minister waren an Bord.‹

»Ich komme aus Agadir«, sagte ein schlanker Araber.

»Wo haben Sie Spanisch gelernt?«

»Im spanischen Bürgerkrieg.«

»Aha«, sagte ich. »Auf welcher Seite haben Sie gekämpft?«

Der Araber zögerte und brach ein Stück Brot.

»Das ist ein Geheimnis zwischen Allah und mir.«

»Aha«, sagte ich verärgert.

Ich ging ins Fernsehzimmer. Das Abenteuer war Allgemeingut geworden. Die Tragödie gehörte jetzt allen. Die Beteiligten des Dramas fühlten sich ihrer Heldentaten ein wenig beraubt, sahen ihr Grauen durch die Fernsehbilder unterhöhlt. Der Schauspieler aus Polen betrank sich an der Bar, die Psychologin versuchte, nach Deutschland zu telefonieren, die Araber verliefen sich langsam und verschwanden, die Schauspielerin wurde von der römischen Nacht verschluckt. Ich kaufte mir ein Fläschchen Shampoo, um mir die Haare zu waschen. Am nächsten Tag gab es einen neuen Flug LH 303. Wir *alle* kauften *alle* italienischen Zeitungen und setzten uns mit dicken Zeitungsstößen auf den Knien wieder in die Wartehalle. Eine Zugmaschine schleppte langsam den Pan-Am-Jet von der Startbahn weg. Langsam und düster folgten ihm ein Krankenwagen und zwei Löschzüge.

Auf dem Flughafen in München empfing ein Mann mit einem Blumenstrauß die Schauspielerin, die tat, als ob sie den begleitenden Fotografen nicht sähe. Die deutsche Presse gab dem Ereignis die letzten Weihen, fledderte die letzten Reste des erlebten Grauens.

Und dann nach Hause. Und erzählen. Und erzählen und erzählen. Bis zum Vergessen.

Antonio Skármeta

Der Aufstand

Roman. Aus dem Spanischen von Joco Dehmann.
218 Seiten. Serie Piper 555

Der Roman handelt vom Leben in der nicaraguanischen Stadt Léon wenige Wochen vor dem Sieg der Sandinistischen Befreiungsfront, von den Ängsten, Träumen und Heldentaten der Bevölkerung.

»Ein Buch ... über die kleinen Leute in Nicaragua für die kleinen Leute in Europa.« Rias Berlin

Mit brennender Geduld

Roman. Aus dem Spanischen von Willi Zurbrüggen.
150 Seiten. Serie Piper 768

Antonio Skármetas Roman lebt von der Liebe des Autors zu seinen Figuren, von der Verbundenheit eines Schriftstellers mit den Menschen seines Volkes, einer Gemeinschaft vitaler, skurriler und eigenwilliger Personen. »Mit brennender Geduld« ist ein blendend erzählter, unangestrengter, humorvoller Roman, ein Kleinod in unserer literarischen Landschaft.

»Skármetas Werk ist ein begeisternder Roman über Poesie, Politik und Leidenschaft. Gewisse Dialoge lesen sich wie ein glänzend geschriebener Lehrgang in Ästhetik. Diese Gespräche kreisen um Metaphern – Skármetas Werk ist voller Bilder, der ganze Roman ist metaphorisch zu lesen.« Neue Zürcher Zeitung

Vom selben Autor ist lieferbar:

Heimkehr auf Widerruf – Chile im Umbruch?

Politische Reflexionen.
195 Seiten mit 11 Abbildungen, biographischer Notiz und Werkverzeichnis. Serie Piper 1138

Piper 28/8 c

PIPER

Rubem Fonseca

Bufo & Spallanzani

Roman
Aus dem brasilianischen Port. von Karin von Schweder-Schreiner.
283 Seiten. Geb.
(Auch in der Serie Piper 1197 lieferbar)

»Dieser Roman, den man auskosten muß wie einen Leckerbissen, spricht Phantasie und Sinne gleichermaßen an. Rubem Fonseca hat dieses Buch als ganz und gar uneigennütziger Hedonist geschrieben, der den Leser zum Komplizen seiner Vergnügen macht.« Istoé/Brasilien

Grenzenlose Gefühle, unvollendete Gedanken

Roman
Aus dem brasilianischen Port. von Karin von Schweder-Schreiner.
316 Seiten. Geb.

Mit ihren vielen erzählerischen Höhepunkten hinreißend inszeniert und reich an zeitpolitischen, literarischen und cineastischen Anspielungen, bezieht die Geschichte ihre psychologische Substanz aus der gelungenen Gestaltung der Figur des Ich-Erzählers.

Das vierte Siegel

Erzählungen
Aus dem brasilianischen Port. von Karin von Schweder-Schreiner.
187 Seiten. Geb.

Der Abkassierer

Erzählungen
Aus dem brasilianischen Port. von Karin von Schweder-Schreiner.
204 Seiten. Serie Piper 1120

Diese Erzählungen faszinieren und überzeugen durch die Kompromißlosigkeit und Wahrhaftigkeit, mit der sie Einblick in das Leben der städtischen Unterschicht vermitteln. Dazu benötigt Fonseca weder Slumromantik noch Wehleidigkeit. Pralle Literatur für Erfahrungshungrige!

Mempo Giardinelli

Heißer Mond

Luna caliente. Roman.
Aus dem argentinischen Spanisch von Curt Meyer-Clason.
130 Seiten. Geb.
(Auch in der Serie Piper 1097 lieferbar)

Die Revolution auf dem Fahrrad

Roman. Aus dem argentinischen Spanisch von Willi Zurbrüggen.
314 Seiten. Geb.

Die Geschichte eines alternden Revolutionärs, der ein Leben lang gegen die wechselnden Diktaturen seiner Heimat Paraguay gekämpft hat und immer noch von einem Sieg träumt. Für Giardinelli ist »Die Revolution auf dem Fahrrad« eine Parabel auf die völlige Unverhältnismäßigkeit der Mittel bei allen Bewegungen, die den Umsturz von unten versuchen.

Wie einsam sind die Toten

Roman. Aus dem argentinischen Spanisch von Willi Zurbrüggen.
227 Seiten. Geb.

Eine lateinamerikanische Kriminal-Romanze, brisant, zärtlich und melancholisch.